KB272622

오늘, 마음에게

박민욱(필림) 지음

일러두기

· 이 책은 글의 내용과 분위기에 따라 문체가 달라집니다.

· 작가가 전하고 싶은 의미와 풀어내는 맛을 살리기 위해 일부 표현은 맞춤법을 따르지 않았습니다.

지은이 박민욱(필림)

숫자가 싫어 문과에 진학했으면서,
하루 종일 숫자를 들여다보는 연구원.
밤에는 잊고 싶지 않은 마음을 기록하는 작가로 이중생활 중이다.

그저 흘러갔을 매일의 수많은 감정을
깎고 다듬어 문장으로 남기는 일을 즐긴다.
특히 꾹꾹 눌러쓴 글씨로 남기는 걸 애정하다 보니,
글도 글씨도 슬그머니 일종의 업(業)이 되어버린 지 오래다.
이 작은 문장들이 어딘가에 닿아
소소한 온기가 된다는 사실에 묘한 중독성을 느낀다.

살아간다는 건 순간순간 찾아드는 불안함에 맞서는 일.
온통 만만치 않은 일이 가득하겠지만, 이 소소한 온기가 모여
누군가의 하루를 거뜬히 지탱하길 바라며 문장을 깎아낸다.

집필도서 | 에세이 『헤매는 중이지만 해내는 중입니다』
　　　　　　 워크북 『하루 10분, 필림의 손글씨 수업』

인스타그램 | @feellim

'___________ 의 오늘이 조금 더 다정하길'

목차

기억하고 싶은 오늘의 조각

하루를 살아가는 마음가짐

지금 무작정 필요한 문장 한 조각

" 당신의 하루는 틀리지 않았어요. "

　시간이 흐를수록 능숙하고 수월하게 살아갈 줄 알았는데, 삶이라는 건 살아갈수록, 겪어볼수록 온통 만만치가 않습니다. 각자의 자리에서 나름의 최선을 다해도 마음처럼 나아가지 못하고. 앞서가는 이들을 보면서 점점 조급해지는 자신을 발견하게 됩니다. 고민과 걱정은 캄캄한 밤을 틈타 몸집을 키우고, 갈 곳 잃은 불안함은 탓할 대상을 찾으며 점점 스스로를 갉아대곤 합니다.

　하지만, 당신이 살아낸 하루는 틀리지 않았습니다. 나약하게만 여겼다면 당신의 마음은 과소평가되었습니다. 어쩌면 우리는 모두 알고 있습니다. 혹독한 계절이 힘을 다하고 싱그러운 그다음의 계절이 당연하게 돌아오듯, 눈부신 당신의 시기 역시 당연하게 찾아와 준다는 걸. 기다리며 견뎌온 시간만큼 더 크고 반짝이는 기쁨이 준비되어 있다는걸. 다만 우리에게 필요한 건, 그 잠깐의 불안함을 지나는 동안 약해지는 마음을 잡아줄 약간의 위로, 자그마한 확신일 겁니다.

그래서 우리는 고민했고, 하루하루 소모되는 마음을 꾸준히 다독일 이 책을 전하게 되었습니다. 그저 일방적인 흐름으로 전하는 위로가 아니라, 매일 마주하게 될 서로 다른 감정에 맞게 필요한 문장을 전하고 싶었습니다. 내가 먼저 살피고, 필요한 문장으로 마음을 다독이는 겁니다. 그리고 적어 보는 겁니다. 점점 펜을 잡을 시간이 줄어가는 요즘이지만, 소란한 마음을 정리할 때는 이 단순한 사각거림 만한 것이 없거든요. 생각의 속도를 늦추며, 문장을 곱씹으며, 감정을 정리하며. 더 깊고 오래 남는 문장이 새겨질 겁니다. 그냥 읽고 지나치는 것과 다른, 필사의 힘은 그런 겁니다.

아직 여러 감정을 접하며 이 시기를 지나는 나에게, 또 소중한 이들에게, 무엇보다 필요한 건 나 자신을 마주하는 시간일 겁니다. 아무리 단단한 마음이라도 결국은 소모되고, 닳아버리기 마련이니까요. 자주 들여다보고 틈틈이 채워주는 것이 당연합니다. 우리, 마음만큼은 절대로 소홀히 하면 안 되는 것이었습니다.

잠시 답답한 구간을 지나고 있다면 기억해주길. 불안함이라는 건 아직 내려놓지 않았다는 반가운 증명. 나중에 이 시기를 돌아보고, 웃으며 추억할 수 있도록. 하루하루 마주할 감정들을 담담히 기록해 보는 겁니다. '이날은 이런 마음이었구나', '많이 힘들었구나', '돌아보면 별거 아니었는데', '이 마음 덕분에 여기까지 올 수 있었구나'. 그리고 단단하게 잘 살아낸 당신의 마음을 칭찬해주는 겁니다.

> "이 작은 문장들로 당신의 모든 하루가 조금 더 다정해지길,
> 부디 매일매일이 편안한 밤이길."

차곡차곡 쌓여온 당신의 모든 하루를 대신해
오늘, 마음에게.

박민욱

<오늘, 마음에게> 사용 설명서

'오늘, 마음에게'는 페이지 순서도, 날짜 순서도 아닌,
마음 상태별로 기록하고 채워가는 '마음 일기'입니다.

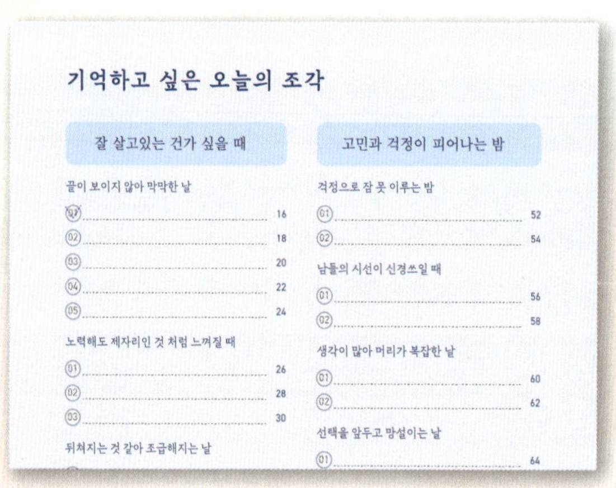

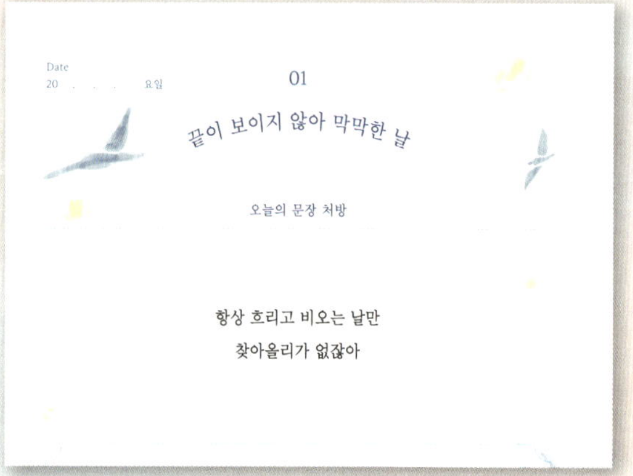

1

<기억하고 싶은 오늘의 조각>을
확인하고, 오늘 내 마음에
필요한 주제를 선택합니다.

2

해당 페이지로 이동해,
이 주제가 필요한 오늘
날짜를 기록합니다.

③

왜 이 주제를 선택했나요?
오늘 당신이 마주한
마음을 간단히 기록으로
남깁니다.

④

오늘의 문장 처방을
확인합니다.

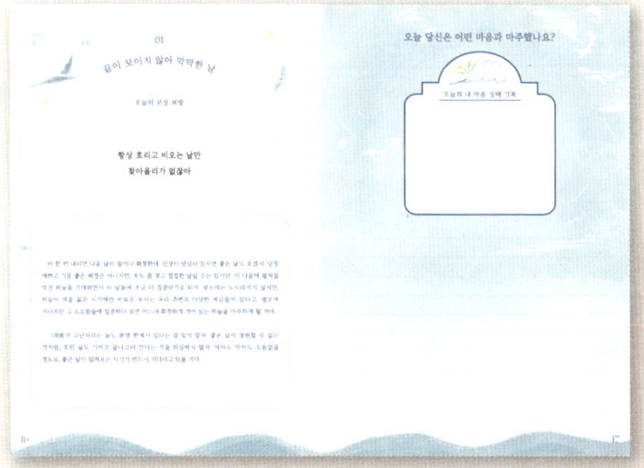

⑤

오늘의 문장을 필사하며
마음을 정리합니다.

Part 1

잘 살고있는 건가 싶을 때

끝이 보이지 않아 막막한 날
노력해도 제자리인 것처럼 느껴질 때
뒤쳐지는 것 같아 조급해지는 날
실패가 두려워질 때
일이 꼬이고 답답한 날
좋은 일이 찾아오지 않을 때

01

끝이 보이지 않아 막막한 날

오늘의 문장 처방

항상 흐리고 비오는 날만
찾아올리가 없잖아

비 한 번 내리면 다음 날이 얼마나 화창한데. 인생이 양심이 있으면 좋은 날도 오겠지. 당장 예쁘고 기분 좋은 배경은 아니지만, 옷도 좀 젖고 찝찝한 날일 수는 있지만. 이 다음에 펼쳐질 멋진 하늘을 기대하면서 이 날들에 조금 더 집중하기로 하자. 평소에는 도드라지지 않지만, 하늘이 색을 잃은 시기에만 비로소 보이는 우리 주변의 다양한 색감들이 있다고. 평소에 지나치던 그 소소함들에 집중하다 보면 어느새 화창하게 개어 있는 하늘을 마주하게 될 거야.

그래봤자 고난이라는 놈도 분명 한계가 있다는 걸 잊지 말자. 좋은 날이 영원할 수 없는 것처럼, 흐린 날도 기어코 끝나고야 만다는 것을 의심하지 말자. 막아도 막아도 소용없을 정도로, 좋은 일이 밀려오는 시기가 반드시 기다리고 있을 거야.

오늘의 내 마음 상태 기록

02

끝이 보이지 않아 막막한 날

오늘의 문장 처방

지금 이 어려움도 언젠가 담담하게,
어쩌면 웃으면서 추억하게 된다는 것

나중에 좋은 사람들과 소주 한 잔씩 나눠 들고 눈 한 번 딱 감으면 이동해 있는.
"와, 그때는 진짜~"로 풀어내는 어떤 시점으로 남겠지.
사실 힘들었던 기억일수록 더 오래 남아 맛있는 안주가 되어주기도 하거든.
가끔 힘겨울 때면, 나중에 이 이야기를 어떻게 추억하며 풀어낼지 그려보는 것도 좋아.
무난하기만 한 날들은 기억되지 않으니까.

오늘 당신은 어떤 마음과 마주했나요?

오늘의 내 마음 상태 기록

끝이 보이지 않아 막막한 날

아주 인상적인

행복이 오려는

전조 현상 같은 겁니다

유난히 바다가 줄어 해수면이 밀려날 때, 평생을 바다와 살아온 이들은 오히려 직감합니다.

"큰 파도가 오겠구나."

유난히 잘 풀리는 일 없이 답답할 때, 행복 안에 살아갈 우리는 생각하는 겁니다.

"아주 크고 인상적인 행복이 밀려오겠구나."

전조 현상 같은 겁니다.

오늘 당신은 어떤 마음과 마주했나요?

오늘의 내 마음 상태 기록

04

끝이 보이지 않아 막막한 날

오늘의 문장 처방

지금 이 시간도 결국
그리운 시간이 된다

　　돌아보면 모든 것이 그립다. 공부하기 싫고 빨리 벗어나고 싶었던 학창 시절도, 어느새 돌아가고 싶은 아련한 시절이 되어 있는 것처럼. 어쩌면 평범하게 흘러가 잊혀진 구간보다, 조금은 버거워 강렬했던 시절이 더 오래 기억에 남을 것이고. '그때는 그게 뭐가 그리 힘들었는지', '그래도 그때 나는 참 괜찮았는데', '돌아갈 수만 있다면 더 잘 해낼텐데', '그 빛나는 시기를 더 감사해 할텐데'.

　　그리워하고 부러워하는 시절로 기억될 게 분명하다.

　　그러니 기억하자. 지금 이 순간에도 나중에 돌아보면 그리워질 장면들이 차곡차곡 쌓여가고 있다는 걸.

오늘 당신은 어떤 마음과 마주했나요?

끝이 보이지 않아 막막한 날

오늘의 문장 처방

그저 잠깐의
꽃샘추위 같은 거다

당신이 얼마나 눈부시게 피어날지 알기 때문에 이 세상이 잠깐 시샘하는가 보다. 그러나 우리 모두 알고 있는 사실은, 꽃샘추위는 절대로 다가오는 봄을 막을 수 없다는 것. 길었던 겨울도 막지 못한 그 눈부신 계절은 지금도 차근차근 밀려들 뿐이다. 마지막까지 쥐어짜낸 고작 이정도의 시련이, 피어나는 당신을 막을 수 없는 것이 당연하다. 기다려온 계절은 기어이 다가와 닿을 것이고, 그렇게 피어날 거다. 이 잠깐의 추위는 기억도 나지 않을 정도로.

오늘 당신은 어떤 마음과 마주했나요?

오늘의 내 마음 상태 기록

01

노력해도 제자리인 것처럼 느껴질 때

오늘의 문장 처방

더 좋은 것을 채우기 위해
잠시 비워내는 과정일 뿐

이루는 건 어렵고 줄줄 새어나가는 건 참 쉽다는 생각이 들 때. 쌓이는 것은 없고 오히려 잃는 것만 늘어날 때. 이렇게 흘러가버릴 것들은 어차피 내 것이 아니었다고 생각해보자. 놓쳐버린 기회든, 떠나버린 인연이든. 내려놓아야 할 것을 애써 쥐고 있는 손으로는 정작 잡아야 할 것을 잡아내지 못한다. 새로이 찾아올 소중한 기회들이 머물 곳 없어 지나쳐가는 일은 없도록 비워내야 채울 수도 있다. 마음이든 사람이든.

오늘의 내 마음 상태 기록

02

노력해도 제자리인 것처럼 느껴질 때

오늘의 문장 처방

좋은 일은 힘들었던 시간에
비례해서 찾아온대

아무튼 그렇대. 대체 얼마나 좋은 일이 찾아올까 기대해도 좋을 거야. 세상은 엉망진창인 듯해도 나름의 균형이 있다고. 힘든 시간을 이렇게 잔뜩 끌어다 쓴 당신에게 날아들 고지서는 행복 폭탄일 거야. 받아야 할 행복이 크고 많을수록 정산이 오래 걸리는 법이잖아.

오늘의 내 마음 상태 기록

노력해도 제자리인 것처럼 느껴질 때

오늘의 문장 처방

헛된 시간이란 없어요

돌아보고 후회하고

깨닫는 게 있다면

더이상 헛된 것만은 아닙니다

후회도 나름의 배움이라고 하지요. 넘어졌다면 그 자리에서 뭐라도 쥐고 일어서라고 하지요. 누구나 실패할 수는 있지만, 실패를 대하는 자세만큼은 실패하지 말아야겠습니다.

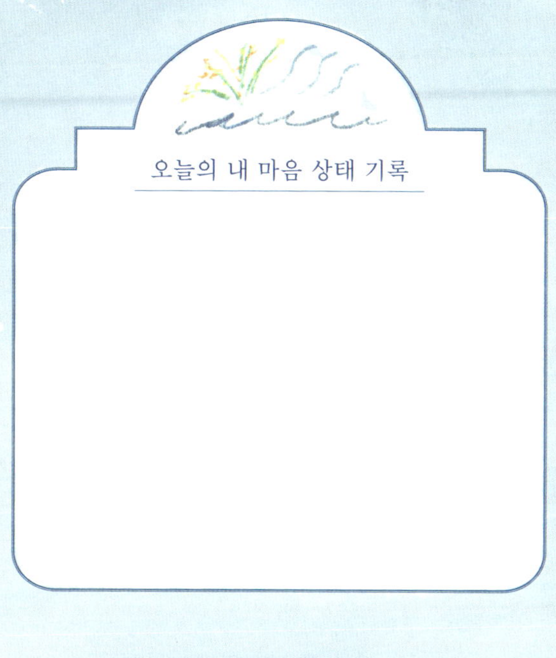
오늘의 내 마음 상태 기록

01

뒤쳐지는 것 같아 조급해지는 날

오늘의 문장 처방

누가 더 잘 풀리는지는
끝까지 가봐야 하는 게
인생 아니겠니

굳이 저 사람과 나를 비교할 필요도 없지만 지금 모습만으로 위축될 필요도 없다고. 꽉 막힌 도로에서는 저 앞에 있는 차가 엄청 앞선 것 같아도, 뻥 뚫린 도로에 진입하는 순간 그 거리는 고작 몇 초 차이였다는 걸 알게 되잖아. 삶이 한 방향도 아니고 어떤 길에서 뒤처지면 어떤 길에서는 의도치 않게 앞서기도 하는 건데. 남의 인생 곁눈질 멈추고 깔끔하게 갈 길 가보는 거야.

오늘 당신은 어떤 마음과 마주했나요?

02

뒤처지는 것 같아 조급해지는 날

오늘의 문장 처방

조급해 하지 않기

나만의 호흡으로 살기

자꾸 조급해지는 이유는 기준이 내가 아닌 다른 곳에 맞춰져있기 때문일 겁니다. 내가 만족하는 모습이면 그뿐입니다. 세상 많고 많은 기준 모두 맞춰야 한다면 어느 누가 행복하겠어요. 대체 누가 정한지도 모를 기준 때문에 뒤처진다고 생각할 필요는 없다는 겁니다. 이제는 그저 내 속도대로 걸어보는 겁니다. 내 길에서는 이게 정상 속도입니다. 물론 내가 정했습니다. 평가는 내가 합니다. 이게 정답입니다. 내 길이니까요.

오늘 당신은 어떤 마음과 마주했나요?

오늘의 내 마음 상태 기록

뒤처지는 것 같아 조급해지는 날

오늘의 문장 처방

화면 너머로 보이는

남들의 행복하고

연출 섞인 장면들과

당신의 일상을 비교하지 말아요

기록하고 자랑하고 싶은 행복한 장면들을 몰아 보게 되지만, 이게 절대 평균적인 일상이 아니라는 것. 그들 모두가, 대부분의 평범한 날과, 가끔의 구질구질한 날과, 드물게 자랑하고 싶은 인상적인 하루를 보내고 있다는 것. 그 드물게 인상적인 하루하루가 모여 있는 공간에서 한껏 올려치기 된 행복의 기준이 아니라, 화면 밖 당신의 썩 괜찮은 장면들에 더 집중하기로 해요.

오늘 당신은 어떤 마음과 마주했나요?

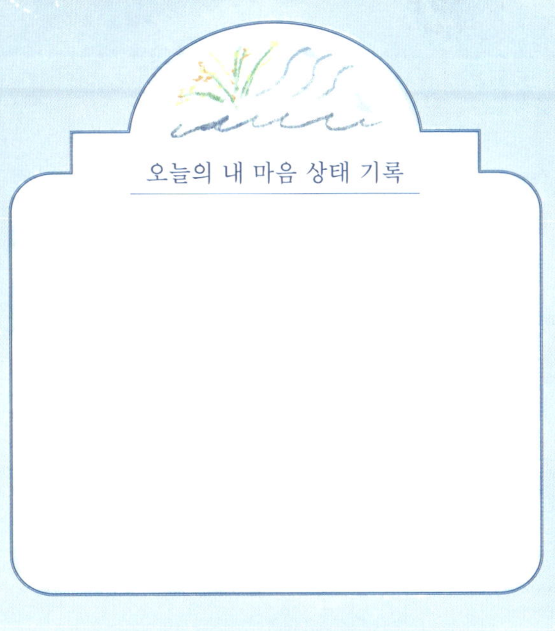

01

실패가 두려워질 때

오늘의 문장 처방

누구도 오르기만 할 수는 없기에
잘 오르는 것 만큼이나 중요한 건
떨어지는 순간이 올지라도
다치지 않고 잘 내려서는 것

흔들림은 있을지라도 주저앉지 않고 오르기를 멈추지 않는 것. 누구나 실패를 마주하지만, 멈춰서지 않는다면 그 또한 과정일 뿐이니까. 실패 또한 기술이라 무너지는 사람과 추스리고 나아가는 사람은 결국 실패를 대하는 마음이 좌우한다. 끝없이 오르기만 하는 사람은 아무도 없다. 실패는 반드시 거치는 '당연한' 과정일 뿐이다. 호들갑은 금물. 육아고수처럼 스스로를 진정시키는 거다.

"놀랐지? 괜찮아, 털고 일어나."

오늘 당신은 어떤 마음과 마주했나요?

오늘의 내 마음 상태 기록

01

일이 꼬이고 답답한 날

오늘의 문장 처방

이 모든게
잘 풀려가는
과정이기를

생각했던 것과 조금 다르지만 결국은 내가 원했던 곳으로 차근차근 이어지는 과정이기를. 살다보면 시간이 흐르고 나서야 이해되는 순간들이 꽤 많다는 걸 체감하게 되더라. 당장은 이해하기 어려워도 시간이 흐를수록 선명해질 거야. 대체 왜 이런 답답한 날들을 거쳐야 했는지 말끔하게 이해하고 감사해하는 순간을 어서 맞이하길.

오늘 당신은 어떤 마음과 마주했나요?

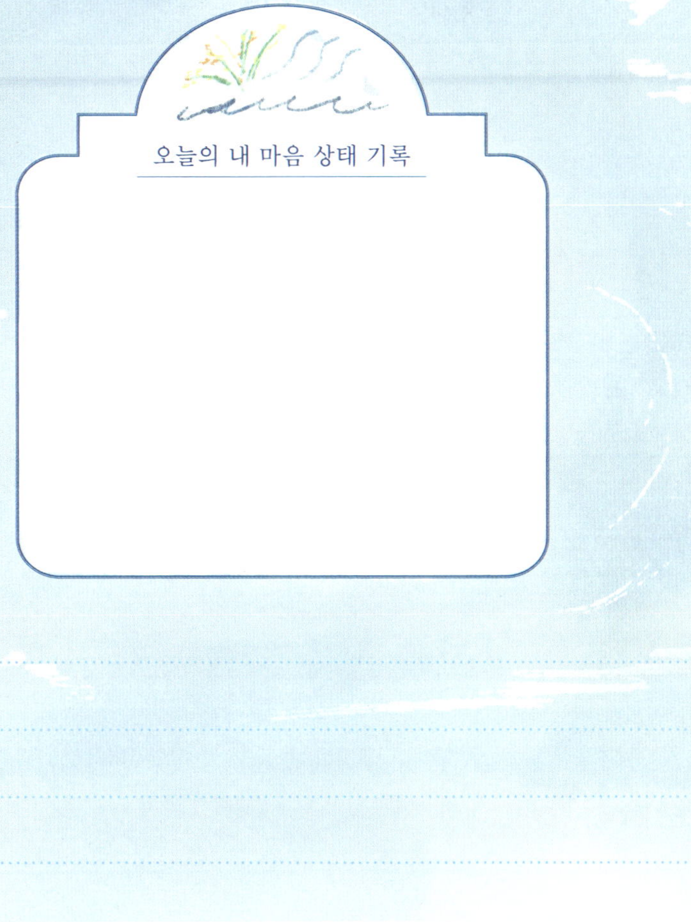

02

일이 꼬이고 답답한 날

오늘의 문장 처방

답답하고 뜻대로 되지 않는
구간이 있다면
손 놓고 있어도
술술 풀리는 구간도 있다
모두의 삶이 그렇다

꽉 막힌 것처럼 답답한 날이 있듯이 믿기 힘들 만큼 행복한 날도 찾아오기 마련이다. 생각해보면 항상 흐리고 비 오는 날만 찾아올 리가 없는 것이다. 비 한 번 내리면 다음 날이 얼마나 화창한데. 인생이 양심이 있으면 좋은 날도 오겠지.

오늘 당신은 어떤 마음과 마주했나요?

일이 꼬이고 답답한 날

오늘의 문장 처방

아등바등
신경쓰는 것보다
내려놓았을 때 오히려
나아가게 되는 순간이 있다

애지중지 신경쓰면 시들시들하고, 방치해버리면 그제야 싱그러운 꽃도 있다. 억지로 길을 내면 그렇게 허물어지다가, 손 놓으니 그제야 세차게 길 내어 뻗어오는 흐름도 있는 법이다. 혹시 흐름과 다른 방향으로 헤엄치고 있지는 않나? 도무지 나아가지 못한다면 버둥거리다 힘을 다해 가라앉지 않도록, 잠시 힘 빼고 흐름에 몸을 맡겨보는 연습도 필요하다. 노력의 방향이 항상 옳은 것은 아니니까. 너무 힘이 들어가 있어서 오히려 나아가지 못하는 것은 아닌지 한 번쯤 되돌아보는 것도 좋겠다.

오늘 당신은 어떤 마음과 마주했나요?

01

좋은 일이 찾아오지 않을 때

오늘의 문장 처방

좋은 일이 찾아와주지 않는다면
내가 먼저 찾아 나서면 됩니다
행복이랑 밀당을 하지 마세요

당기시오. 당기시오. 더 원하는 사람이 움직여야지요. 행복이라는 녀석이 나를 원하는
것보다는, 내가 행복을 바라는 마음이 더 클 테니. 비싸게 굴지 말고 움직여야지요.

오늘 당신은 어떤 마음과 마주했나요?

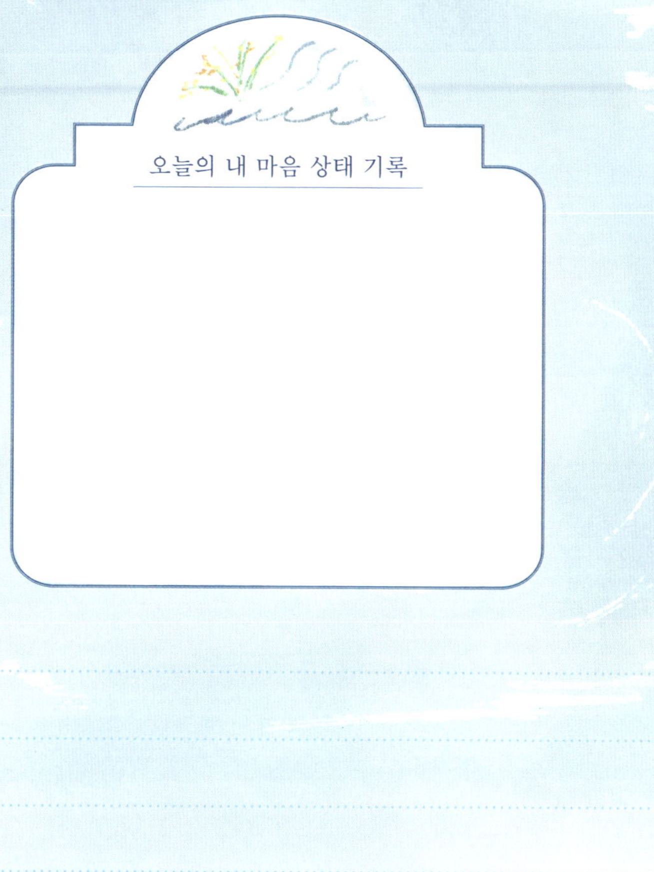

오늘의 내 마음 상태 기록

02

좋은 일이 찾아오지 않을 때

오늘의 문장 처방

그럼에도 우리를

나아가게 하는 건

곳곳에 숨겨진

아주 사소한 행복들

　　대단하지 않아도 둘러보면 우리를 지탱해주는 작고 귀여운 행복들을 발견할 수 있다는 것. 힘들고 아픈 기억은 워낙 존재감이 막강해 작은 일도 선명해지기 마련. 우리가 해야할 건, 그 부풀려진 불행 속에 가려진 행복들을 방치하지 않는 것.

오늘 당신은 어떤 마음과 마주했나요?

오늘의 내 마음 상태 기록

Part 2

고민과 걱정이 피어나는 밤

걱정으로 잠 못 이루는 밤
남들의 시선이 신경쓰일 때
생각이 많아 머리가 복잡한 날
용기가 필요한 순간
후회가 차오르는 날
선택을 앞두고 망설이는 날

01

걱정으로 잠 못 이루는 밤

오늘의 문장 처방

자려고 누웠을 때
떠오르는 걱정거리는
실제보다 훨씬
부풀려지기 마련이다

그놈의 호르몬 때문에 증폭되는 지극히 당연한 현상입니다. 이불 속에서 우리가 대체 뭘 바꿀 수 있겠어요. 온 힘을 다해 잠을 청하고, 조금이라도 더 맑은 정신으로 아침을 맞이하는 게 최선일 겁니다. 날 밝으면 별 힘도 못 쓰는 자잘한 고민들, 오래 지나 희미해진 기억들도 캄캄한 머리맡에서는 왜 그리 크게만 느껴질까요. 붙잡고 마음 쓸수록 커지는 이런 부풀려진 고민들에게 '먹이를 주지마시오'. 당장 손쓸 수 없는 상황을 머릿속에서 붙잡고 늘어지지 말고, 날 밝으면 해결합시다.

날 밝으면.

오늘 당신은 어떤 마음과 마주했나요?

02

걱정으로 잠 못 이루는 밤

오늘의 문장 처방

걱정은

이리저리 굴릴수록

눈덩이처럼 커지기 마련

머릿속에서 일 키우지 말고 아주 사소한 것이라도 당장 할 수 있는 것부터 움직이는 것이 중요합니다. 몸을 움직이지 않으면 또 머리가 지나친 상상력을 발휘할 테니까요. 당장 막막해 보인다고 손 놓고 걱정만 하고 있으면 아무것도 달라지지 않아요. 사소해도 분명 지금 할 수 있는 일이 있을 겁니다. 그렇게 작은 부분이라도 긁어내다 보면 실마리가 보일 거예요. 보통 걱정이 무럭무럭 자라나는 시기는 손 놓고 있는 순간이니. '멈춰 있음'이 증폭시키는 불안을 떨치려면 뭐라도 '해결하고 있다'는 안정감이 도움이 될 겁니다. 일단 심난한 책상이라도 정리를 시작해 보는 겁니다.

오늘 당신은 어떤 마음과 마주했나요?

01

남들의 시선이 신경쓰일 때

오늘의 문장 처방

명심하자

사람들은 생각보다

나에게 관심이 없다

사람들은 우리가 느끼는 것보다 우리에게 관심이 없다. 하루하루가 바쁨 그 자체인 사람들이 남들에게 사사건건 쏟아부을 정도로 에너지가 넘쳐날 리가 없는 것이다. 이름만 대면 알만한 유명인들의 충격적인 스캔들 정도는 되어야 그나마 며칠 정도는 언급될까. 다행히도 우리의 영향력은 그렇게 대단하지 않으니. 사람들의 시선을 지나치게 의식하지 말자.

오늘 당신은 어떤 마음과 마주했나요?

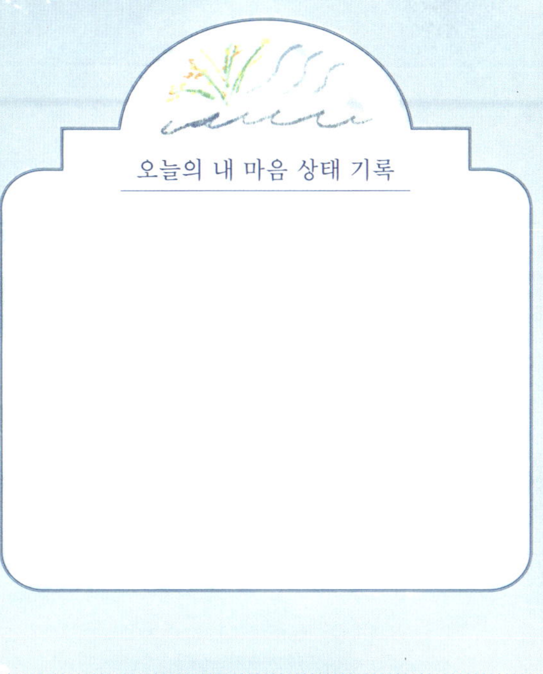

오늘의 내 마음 상태 기록

02

남들의 시선이 신경쓰일 때

오늘의 문장 처방

우리는

조금 덜 비교하고

조금 덜 눈치보며

우리 행복에

집중하기로 하자

내 행복을 다른 이들과 견주어야만 측정 가능하다니. 행복은 절대적인 것이 아니었나요? 옆집의 누구보다, 엄마 친구 아들, 딸보다 행복한 게 아니라, '내가' 이만큼 행복하면 되는 겁니다. 내가 안착할 그 행복의 영역을 설정하는 것 또한 '나 자신'이어야 하고요. 행복의 크기를 겨루어보기 시작하면 결국 어느 한쪽은 상대적으로 불행한 위치가 되거든요. 유난히 비교하고 눈치 주는 걸 좋아하는 세상이지만 내 행복을 가늠할 때 유일하게 돌아보고 눈치봐야 할 대상은 오로지 나 자신이라는 것을 잊지말아요.

오늘 당신은 어떤 마음과 마주했나요?

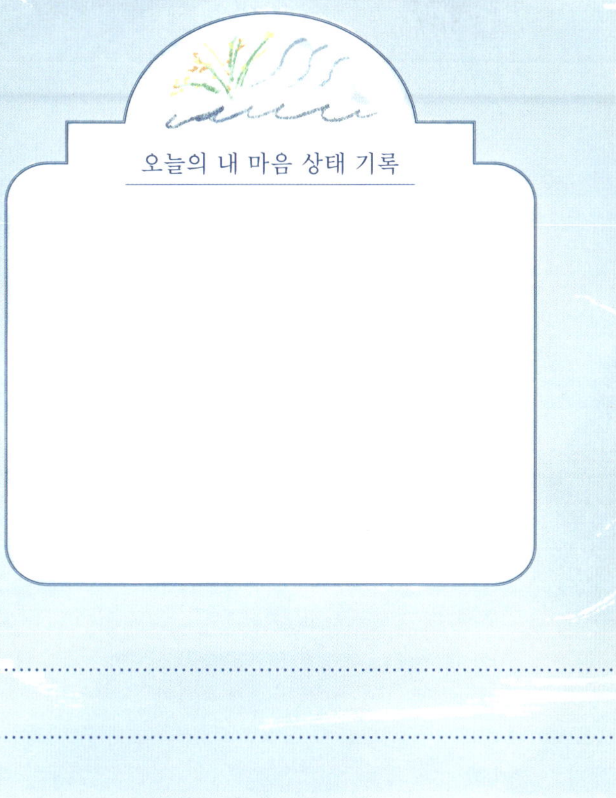

오늘의 내 마음 상태 기록

01

생각이 많아 머리가 복잡한 날

오늘의 문장 처방

적당히 흘려 넘겨야 할 일에

일일이 의미를 부여할수록

마음만 방전될 거야

'그런가보다', '그럴수도 있지' 같은 말로 끝맺음 하는 것이 건강에 좋은 상황도 있는 법이다. 펑펑 낭비하기엔 한정되고 귀한 마음, 정작 필요할 때 부족함이 없도록 마음도 절약이 필요하니까.

오늘 당신은 어떤 마음과 마주했나요?

....

....

....

....

....

....

....

....

02

생각이 많아 머리가 복잡한 날

오늘의 문장 처방

버티는 것밖에
남지 않았다면
내려놓아도 괜찮아

세상 안 무너진다. 그동안의 시간과 마음이 모두 없었던 일이 될까봐 두려움이야 있겠지만. 나를 소모해 가면서까지 억지로 붙잡고 있다면, 그만 내려놓아도 좋겠다. 다시 마음 쏟을 새로운 것으로 채우면 되지. 충분히 채워낼 거고.

오늘 당신은 어떤 마음과 마주했나요?

01

선택을 앞두고 망설이는 날

오늘의 문장 처방

생각이 많은 게 아니라
정답은 알고 있지만
꺼내어 볼 용기가 없으니
주변만 맴도는 게 아닐까

결론이 나지 않는 고민도, 사실은 머릿속에 한두 개쯤 어른거리는 선택지가 스치기 마련이다. 더 뚜렷한 무언가를 찾아보려 헤매다가, 결국 크게 돌아 저만큼 멀어졌다가, 이내 그 희미했던 선택지가 최선임을 깨닫고 그마저 놓칠까 허겁지겁 돌아와 붙잡게 되는 결론이 있다는 것이다. 어쩌면 고민을 줄인다는 것은 명쾌한 대안을 잘 찾아내는 것보다는, 빙빙 돌고 돌아 결국 되돌아올 최선을 빠르게 알아채고 잘 받아들이는 것일지도 모르겠다. 사실은 이미 답을 알고 있지만, 그저 받아들이지 못해서 고민이 쌓이고 있는 것은 아닌지 생각해보자.

오늘 당신은 어떤 마음과 마주했나요?

오늘의 내 마음 상태 기록

02

선택을 앞두고 망설이는 날

오늘의 문장 처방

그냥 지나치고

두고두고

후회할 일이라면

하세요

도전도 해보지 못하고 성급히 감춰버린 일은 기억 속에 미화된 채로 남아서 오래오래 아쉬움을 찍어내니까. 두고두고 뒤돌아볼 것이 분명하니까.

오늘 당신은 어떤 마음과 마주했나요?

03

선택을 앞두고 망설이는 날

오늘의 문장 처방

가끔은 그저
마음이 가는 대로
흘러가 보기로 해요

너무 많은 생각이 꼭 정답으로 이끄는 것은 아니더라고. 온갖 일어나지 않은 실패들과 괜한 걱정까지 끌어모아 마음은 더 무거워지겠지. 확신을 가지고 결정할 수 있는 상황은 많지 않으니, 대부분의 결정은 불확실을 안고 이루어지는 것. 정작 선택 앞에서 가장 챙겨야 할 건 내 마음의 방향이다.

오늘 당신은 어떤 마음과 마주했나요?

오늘의 내 마음 상태 기록

04

선택을 앞두고 망설이는 날

오늘의 문장 처방

머릿속에서 미리
결론을 지어버리지 말아요

얼마나 많은 일들이 시작도 되기 전에 머릿속에서 매듭지어져 버릴까요. 우리가 쌓은 작은 경험을 너무 맹신하지는 말아야겠습니다. 결과는 모르는 겁니다. 특히 사람의 마음 같은 건 말입니다.

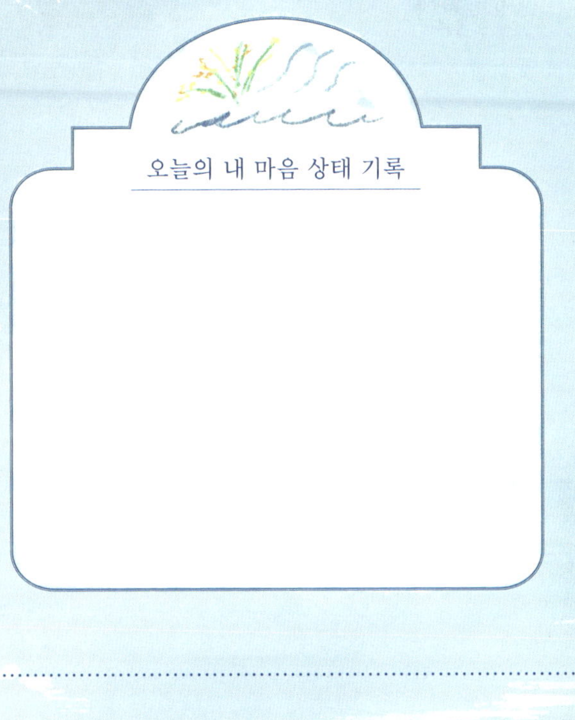
오늘의 내 마음 상태 기록

01

용기가 필요한 순간

오늘의 문장 처방

용기를 내어야 할

순간이라면

주저함이 없기를

대개 결심의 순간이라면 나 자신이 참 부족해 보이고, 아직은 때가 아닌 것 같고, 조금 더 준비해 성공률을 높이고 싶은 마음이 치솟기 마련이다. 다만, 조금 더 준비한다고 꼭 드라마틱한 변화가 생긴다는 보장은 없지. 적당한 타이밍이라는 건 절대로 무시할 수가 없으니, 용기를 내어야 할 순간이라면 부디 주저함이 없기를. 그리고, 용기를 내어야 할 순간과 멈춰서야 할 순간을 잘 분별할 수 있기를.

오늘 당신은 어떤 마음과 마주했나요?

오늘의 내 마음 상태 기록

용기가 필요한 순간

오늘의 문장 처방

순간의 망설임으로

생겨난 아쉬움은

두고두고

기억에 남는 법이다

남들 시선을 생각하고, 지나치게 결과를 걱정하고, 시작도 전에 실패를 떠올리고. 돌이켜보면 그렇게까지 망설일 필요가 있었을까? 유독 더 오래, 더 깊이 남을 이런 아쉬움은 그만 좀 만들어내기로.

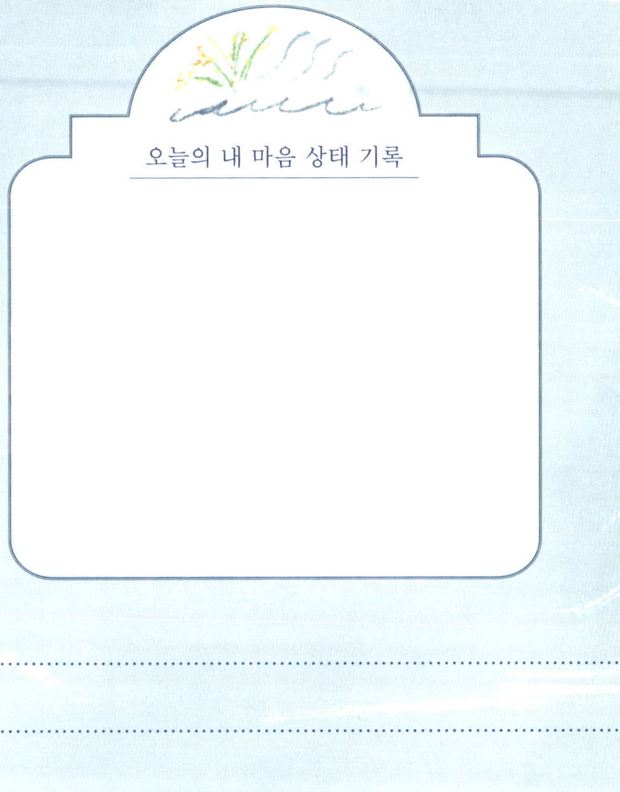

오늘의 내 마음 상태 기록

03

용기가 필요한 순간

오늘의 문장 처방

지금 용기 내지 못한

후회가 길게 남을까

용기 냈으나 이루지 못한

아쉬움이 길게 남을까

실패할 수도 있지. 관계가 멀어질 수도 있지.

하지만 성공할 수도 있잖아? 둘도 없는 사이가 될 수도 있잖아? 실패한다면 안타깝지만 배우는 것이 있겠지. 성공하면 더할 나위 없는 것이고. 물론 막상 겪어보니 생각과 너무 달라 돌아설 수도 있겠지. 단 겪어본 만큼 미련은 없겠지. 그런데 도전도 하지 않으면 가능성은 0이라고.

오늘 당신은 어떤 마음과 마주했나요?

01

후회가 차오르는 날

오늘의 문장 처방

그때는 이루지 못한 기억들이

'만약에'를 매달고

끝없이 꼬리를 무는 밤이 있다

만약에 그때 그랬다면. 그때 더 솔직했다면, 그때 더 상냥했다면, 그때 더 노력했다면, 그때 더 표현했다면 '만약에 그때'처럼 덧없는 것도 없다지만 이런 생각들은 어둠을 틈타 무한으로 팽창하는 법이다. 아쉬움이야 두고두고 남겠지만, 어차피 살아가며 쌓여만 가는 것이 바로 그 아쉬움이라는 녀석이다. 번번이 되돌아가 떨쳐내지도 못할 녀석이 분명하니, 자꾸만 되감고 곱씹으며 키워내기보다는. 그저 옆에 두고 언젠가 흐릿해질 모습 배경삼아 다음 장을 그려나가야지.

오늘 당신은 어떤 마음과 마주했나요?

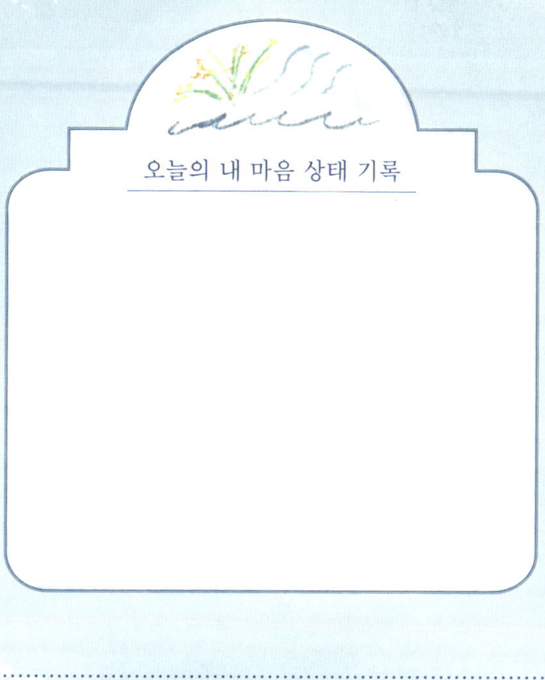

02

후회가 차오르는 날

오늘의 문장 처방

잘못된 선택이라고
너무 단정하지 말자
한 때는 최고였던 선택이
흑역사가 되기도 하는데

반대로, 그렇게 아쉬워하던 실패가 새로운 길을 열어주기도 하는 것이고. 사람 일은 모르는 것. 지금 당장의 상황만 보고 성급하게 단정하지 말아요.

오늘 당신은 어떤 마음과 마주했나요?

Part 3

하루를 살아가는 마음가짐

나를 믿어주어야 할 때
마음의 여유가 부족할 때
살아가는 일이 버거울 때
순간의 소중함을 놓치지 않길
이 하루의 소중함을 돌아봐야할 순간

나를 믿어주어야 할 때

오늘의 문장 처방

언제 또다시 예상치 못한

멋진 장면이 펼쳐질지

누구도 알 수 없어요

모든 여행이 끝날 때까지는

당신 앞에 예상치 못해서 더 인상적일 멋진 장면이 기다리고 있습니다. 앞으로 찾아와줄 더 멋진 장면을 우리는 하이라이트로 기억하게 될 겁니다. 너무 멀지 않은 날에 반드시 찾아와줄 가장 멋진 장면을 다시 준비해보는 겁니다.

오늘 당신은 어떤 마음과 마주했나요?

02

나를 믿어주어야 할 때

가까운 미래를
전성기로 만들 예정입니다

전성기를 과거로만 여기면 그리워하는 것 외에는 할 수 있는 것이 없습니다. 가장 높은 곳에 있는 자기 자신이 오늘 나 자신의 비교 대상이 되어, 무한의 초라함으로 가라앉는 것이지요. 우리를 허탈하게 하는 것이 과거의 '나 자신'이 되도록 내버려 두면 안 되는 것이었습니다. 그러니 저 뒤에 보이는 높고 반짝이던 나보다, 조금 더 높은 곳에 새로운 나를 올려 세우는 겁니다. 조금 더 눈부시고 조금 더 반짝이는 나를. 그때보다 나이 들고, 그때보다 잃은 것이 많으면 어떤가요. 그때는 갖지 못했지만 지금이라 가능한 또 다른 모습을 만들어낼 수 있을 텐데. 이제 내 전성기는 저 앞에 있습니다. 뒤에 두고 온 반짝임은 두 번째 반짝임인 것입니다. 전성기는 지나간 것이 아니라 갱신하는 것. 이제 나는, 다시 전성기를 기다리는 중입니다.

오늘 당신은 어떤 마음과 마주했나요?

03

나를 믿어주어야 할 때

오늘의 문장 처방

의욕을 잃어간다는 것은
변화를 만들어내기
가장 좋은 시기라는 뜻이야

　　사실 반복되는 일상에서 초심을 지켜내는 것은 여간 힘든 일이 아닙니다. 당연한 일이지요. 온탕에 들어갈 때, 처음의 그 깜짝 놀랄 정도의 뜨거움이 이내 익숙해지고 적당한 노곤함을 선사하듯. '처음'이 주는 자극은 이내 무던해지기 마련이니까요. 그리고 그 무던함이 이어지고 반복되면 어느 순간 '무료함'이라는 녀석이 단단하게 만져지는 날이 오고야 말겠지요. 다만, 의욕을 잃고 무료해진다는 건, 우리가 이미 충분히 적응했다는 뜻이기도 합니다. 그리고 지금이야말로 미련 없이 변화와 새로움을 받아들이기 좋은 시기임도 분명하구요. 어쩌면 새로운 것을 가득 채울 준비가 어느 때보다 잘 되어 있는 시기일지도 모릅니다. 삶이 무료해질 정도로 수고한 우리는, 이제 무료할 정도로 하나의 모습만 유지할 필요는 없는 것이었습니다. 또 다른 모습을 찾아내어 가꾸고 성장시키는, 새로운 자극을 찾아 나서기 딱 좋은 날이네요.

오늘 당신은 어떤 마음과 마주했나요?

오늘의 내 마음 상태 기록

01

마음의 여유가 부족할 때

오늘의 문장 처방

그냥 보낸 시간이

다 낭비는 아니야

전력으로 쉬는 것도

기술이고 노력이야

쉬는 시간까지 쪼개어, 더 땀 흘리고 노력하는 것이 미덕으로 여겨지는 세상. 이 치열한 사회에서 아무것도 하지 않고 보내는 시간에는 대개 죄책감이 뒤따릅니다. '이번 주는 힘들었으니까 그냥 좀 쉬어도 괜찮아' 자꾸 쉬는 날에 나에게까지 핑계를 부여할 필요 없어요. 어중간하게 충전된 간당간당한 배터리가 되지는 말자구요. 마음까지 든든한 완충상태로 주어진 길을 다시 팔팔하게 달릴 수 있도록. 가끔은 전력으로 쉬어보는 겁니다. 이거 상당히 기술이고 노력입니다.

오늘 당신은 어떤 마음과 마주했나요?

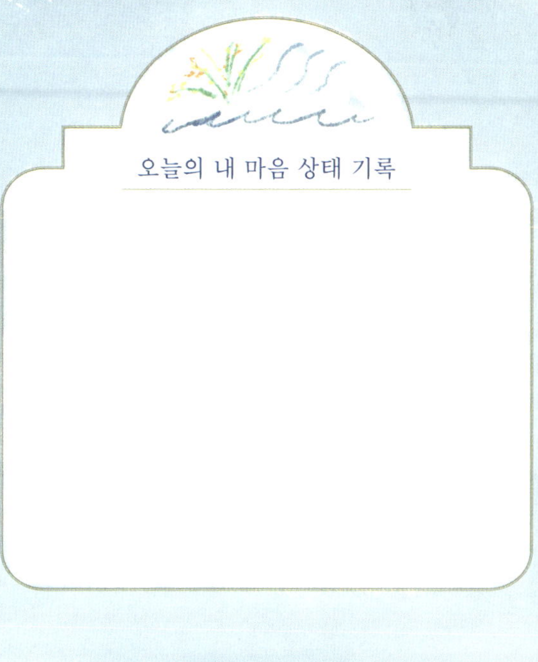

02

마음의 여유가 부족할 때

오늘의 문장 처방

기쁜 일에

온전히 기뻐할 수 있는

여유를 찾을 것

좋은 일 앞에서는 온전히 행복감에 빠져도 괜찮아. 또 언젠가 잃게 될 것을 먼저 걱정하지 말고. 이게 나에게 일어난 일이 맞나 의아해하지도 말고. 보내온 시간들이 증명해낸 보상 앞에서 만큼은, 의심 없이 걱정 없이 온전히 행복하자. 충분히 그럴 자격 있으니.

오늘 당신은 어떤 마음과 마주했나요?

03

마음의 여유가 부족할 때

오늘의 문장 처방

너무 철들지 않고

나이들어 가고 싶다

이미 늦었다느니, 이 나이에 주책이라느니, 남들이 욕한다느니. 유독 '나이에 걸맞게' 보여야 한다는 강박이 만연한 사회인 것 같다는 생각을 한다. 그런 마음가짐이 성숙한 것이라면 그냥 철없는 어른이고 싶다는 것이다. 남은 날들 중 지금의 내가 가장 젊고, 누군가의 조언을 받아들일 줄 아는 나는 젊고, 아직도 가보지 못한 길이 너무나 많은 나는 젊다. 멈춰버리지 않은 모든 이들이 젊다. 주어진 길에 부끄럼 없이 충실할 때, 나이 같은 건 누구도 문제 삼지 않으니 마음속에서 미리 포기하지 말자. 하지 못하는 일들이 많아지는 이유가 나이 때문이면 안 돼.

오늘 당신은 어떤 마음과 마주했나요?

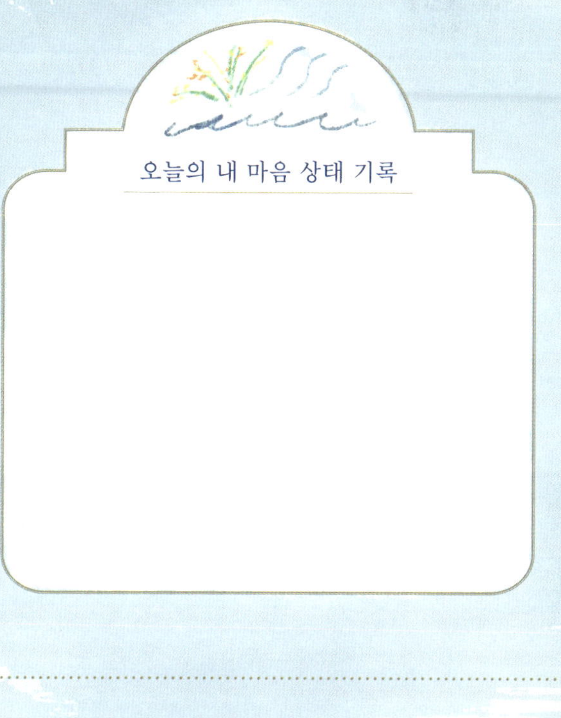

오늘의 내 마음 상태 기록

01

살아가는 일이 버거울 때

오늘의 문장 처방

산다는 건
순간순간이 근심이고
이따금 버겁지만
드물게 행복한 기억으로
거뜬히 나아가는 것

정말 다행스럽게도. 어떠한 기억은 떠올리는 것만으로도 무한의 동력처럼 생기를 불어넣어 줍니다. 숨 막히는 일들로 가득한 삶 속에서 우리를 나아가게 하는 것은, 정작 대단한 것이 아니라 이런 자그마한 기억들인 것입니다.

오늘 당신은 어떤 마음과 마주했나요?

02

살아가는 일이 버거울 때

오늘의 문장 처방

삶은 단짠단짠

가끔은 매콤하고

쌉싸름한 것

너무 달달하기만해도 진절머리 난다는데, 잠재력 폭발엔 역시 단짠단짠인 것이다.
견뎌낸 어려움의 시기 덕분에, 앞으로 있을 행복의 시절은 분명 더 크게 빛날 테니.

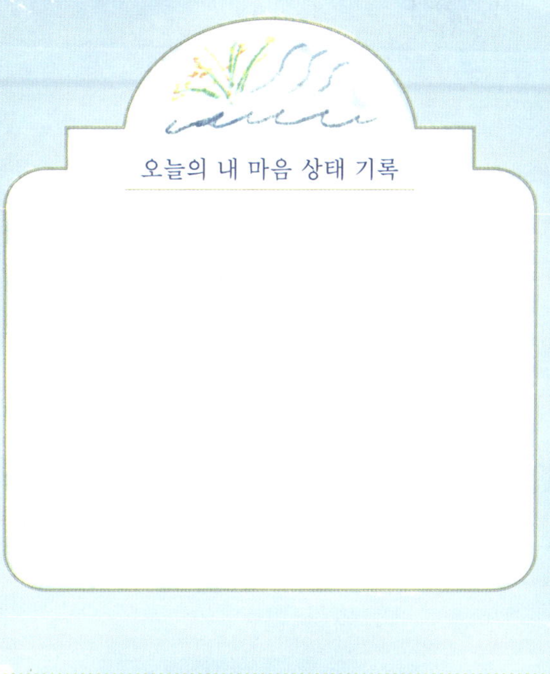
오늘의 내 마음 상태 기록

03

살아가는 일이 버거울 때

오늘의 문장 처방

살아갈수록

무언가를 얻는 것보다

잃는 것에 익숙해져야해

한때는 당연했던 것들도 절대로 당연하게 남아있지 않아. 다만, 이 순간에 주어진 당연한 것들의 그 소중함은 잊지 말아야겠다. 잃고 나서 깨닫는 뻔한 실수를 반복하기 전에. 미리 상기시키고, 미리 감사하고, 미리 누리자. 가족들과의 소소한 시간들, 아직 꽤 쓸만한 몸뚱아리, 나쁘지 않게 잘 돌아가는 머리, 가끔 열받게 해도 아직 끊어지지 않은 내 사람들 같은. 잃고 나서야 소중했구나 깨닫기 쉬운 당연한 것들을. 지금 감사해하자.

오늘 당신은 어떤 마음과 마주했나요?

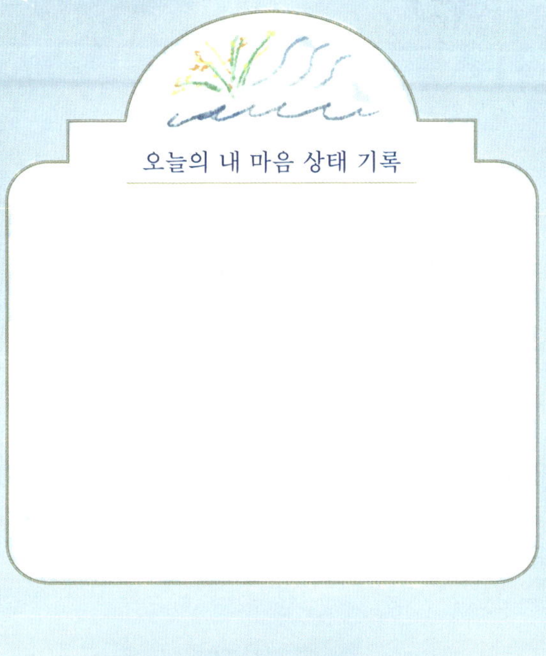

04

살아가는 일이 버거울 때

오늘의 문장 처방

귀하고 소중한 것은

더 단단히 붙들고

힘들고 아픈 것은

느슨하게 흘려보내길

보통은 반대로, 힘들고 아픈 것들이 더 마음에 박혀 소중한 것들에 느슨해지기 마련이니까. 잊지 말아야겠다. 버거운 상황일수록 끌어안을 것은 나를 지탱해주는 그 소중함들이라는 것.

오늘 당신은 어떤 마음과 마주했나요?

순간의 소중함을 놓치지 않길

오늘의 문장 처방

계절도 마음도

기다려주지 않으니

머물고 싶은 순간이라면

그저 진심을 다할 것

소중한 순간일수록 오래 기다려주지 않아요. 주어진 순간순간에 진심을 다해요. 오늘과 같은 하루는 다시 오지 않으니까. 소중함이 소중할 수 있을 때. 있는 힘껏 소중하게.

오늘의 내 마음 상태 기록

02

순간의 소중함을 놓치지 않길

오늘의 문장 처방

잠깐의 행복했던 기억으로
길고 만만치 않은 시간들을
버텨내는 게 인생인듯

오랜만에 만난 친구들과 실컷 웃고 떠들었던 지난 주말처럼, 떠올리면 작게 미소 짓게 되는 은은한 기억. 선선한 오후에 무작정 걷다 마주한 그 인상적인 카페, 별거 아닌 얘기에도 웃음이 끊이질 않던 그날의 대화처럼, 사소하지만 효율 좋고 오래 가는 기억. 어르신들 거나하게 술 한 잔 들이키면 늘 똑같이 반복되는 젊은 시절 이야기처럼, 평생을 견디게 하는 커다란 기억도 있지요. 모든 순간은 결국 기억이 되고, 우리는 주어진 시간을 '어떠한 기억'으로 채워나갈 것인지를 최우선으로 삼아야 합니다.

오늘 당신은 어떤 마음과 마주했나요?

오늘의 내 마음 상태 기록

순간의 소중함을 놓치지 않길

오늘의 문장 처방

우리가 해야할 건

힘들 때마다 꺼내보며

평생 간직할 좋은 기억을

있는 힘껏 쌓아놓는 일

오늘도 잠깐의 행복했던 기억으로 길고 만만치 않은 시간들을 버텨냅니다. 넉넉하게 채워둔 그 날의 조각들, 그 소중한 힘으로 충분히 버텨냅니다. 어차피 지나가버릴 시간이겠지만, 이왕이면 인상적이고 좋은 기억들로 가득 채워 떠올릴 수 있길.

오늘 당신은 어떤 마음과 마주했나요?

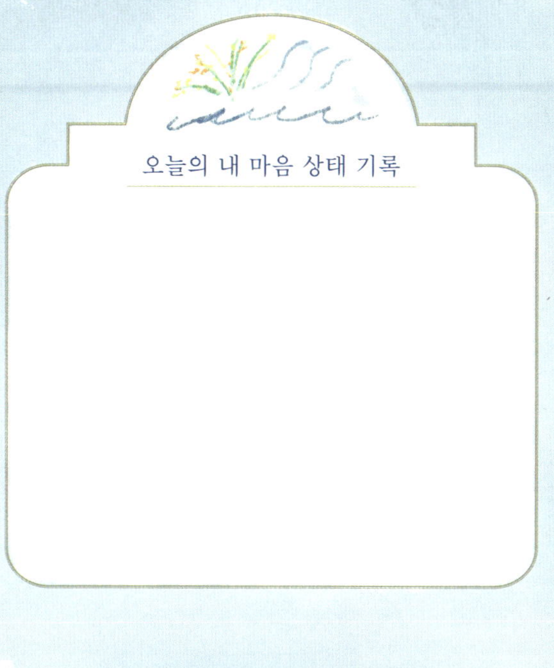

오늘의 내 마음 상태 기록

이 하루의 소중함을 돌아봐야 할 순간

오늘의 문장 처방

당연하게 주어지는 것은

아무것도 없기에

더 소중하고 감사한 오늘

대단하지 않은 식사, 졸음이 쏟아지는 오후 시간, 늘 비슷하게 돌아오는 가족들의 잔소리. 이 모든 사소함의 부재를 떠올려봅니다. 특별하지 않다며 불평하기엔, 이 평범한 순간순간이 얼마나 소중한가요? 평소처럼 지나쳐버린 이 모든 것이 당연하지 않기에.

오늘 당신은 어떤 마음과 마주했나요?

오늘의 내 마음 상태 기록

이 하루의 소중함을 돌아봐야 할 순간

오늘의 문장 처방

그래도 돌아보면

감사한 일이 더 많은

날들인 것 같아

마음이라는 게 공정하진 않아서, 나빴던 기억이 유난히 강렬하게 남겠지만. 작고 소중해 지나쳤던 감사한 일들이 빽빽하게 삶을 지탱해주기에, 지금 내가 여기까지 와 있구나.

오늘 당신은 어떤 마음과 마주했나요?

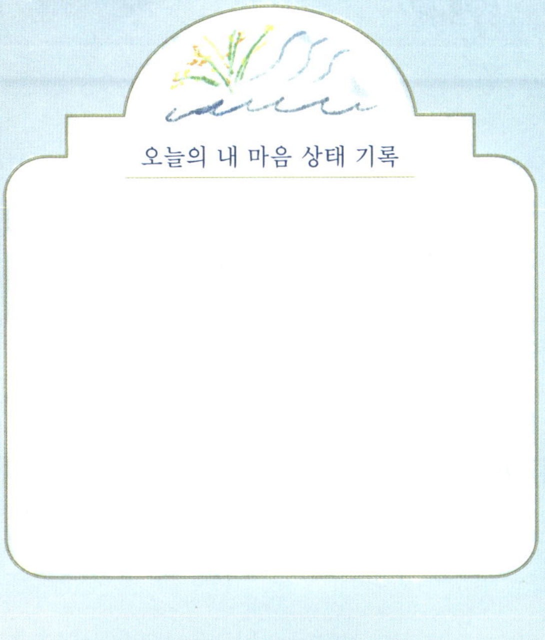

오늘의 내 마음 상태 기록

03

이 하루의 소중함을 돌아봐야 할 순간

오늘의 문장 처방

정작 정말로
감사한 것들은
아주 당연한 것들
사이에 있다는 것

감사한 일은 기다리는 게 아니라 발견해내는 것. 가만히 있어도 온몸으로 느껴질 정도로 감사한 일들은 아주 드물게 찾아오는 것이 당연하니. 자세히 들여다보면 주변에 가득한 감사한 일들을 누가 얼마나 발견해내느냐가 행복을 좌우한다.

오늘 당신은 어떤 마음과 마주했나요?

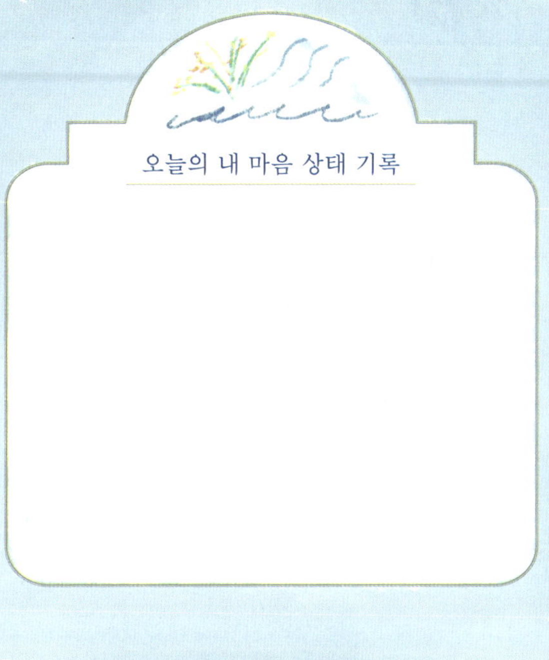

오늘의 내 마음 상태 기록

Part 4

지금 무작정 필요한 문장 한 조각

무작정 위로받고 싶은 날
무작정 응원받고 싶은 날
무작정 확신이 필요한 날

01

무작정 위로받고 싶은 날

오늘의 문장 처방

마음도 근육처럼

찢어지기도 하고

회복도 하면서

성장해 가는 것

운동을 하면 근육은 끊어지고 찢어지면서 손상되지만 점점 회복하고 재생되면서 성장한다.
마음이라는 건 사회생활 하면서 숨만 쉬고 있어도 끊임없이 상처입고 회복되고 성장할 일이
가득한데 그냥 이득이라고 생각해보자. 너무 평온하기만 하면 마음도 근손실 오니까.

오늘 당신은 어떤 마음과 마주했나요?

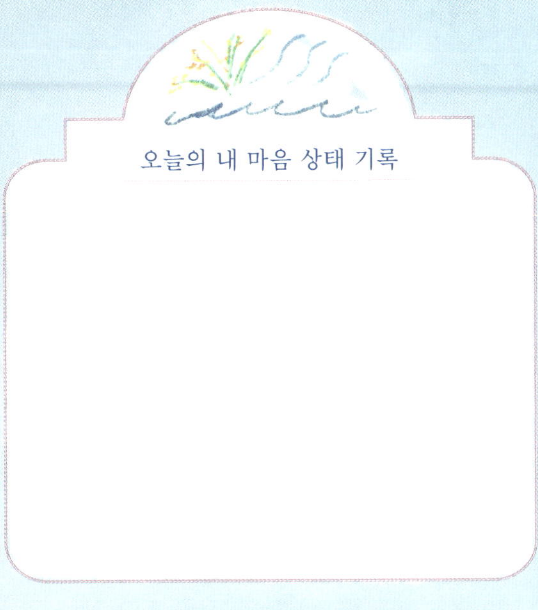

02

무작정 위로받고 싶은 날

오늘의 문장 처방

버텨내고 견뎌내는
하루가 아니라
살아가는 하루가 되길

언제부터인지 그저 참고 견디는 것이 목표가 되어버린 모든 이들의 하루가. 휴일만 기다리며 버텨내는 많은 이들의 오늘이. 그 자체로 기대되고 기다려지는 날들이 되길.

오늘 당신은 어떤 마음과 마주했나요?

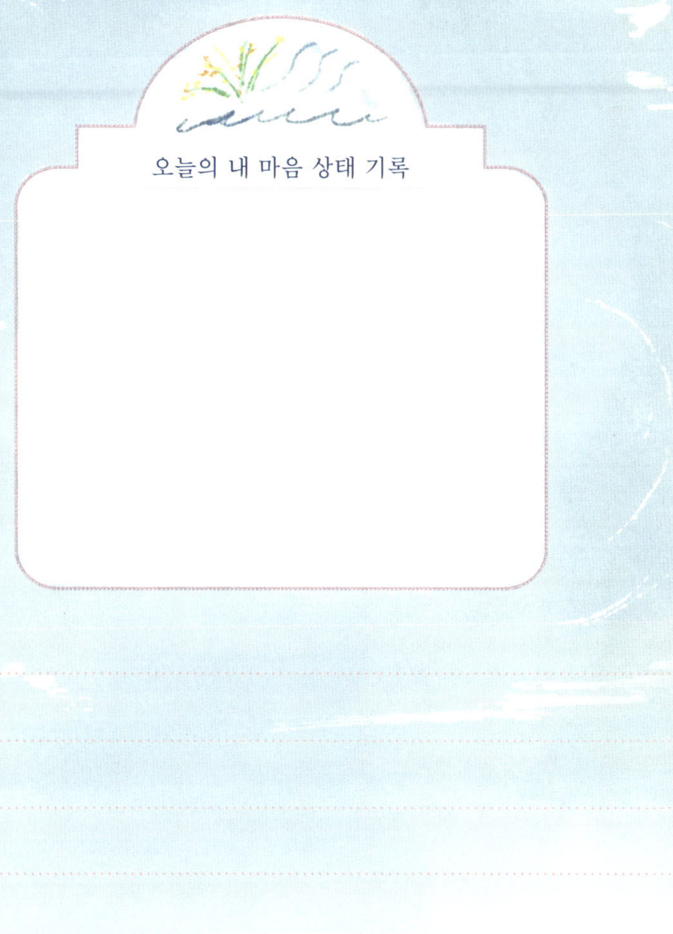

오늘의 내 마음 상태 기록

무작정 위로받고 싶은 날

오늘의 문장 처방

대단하지 않아도

잔잔하고 무사한

하루가 되길

내일은 특별한 일이 일어나길 기대하며 잠들던 시절도 있겠지만, 이제는 안다. 보통의 하루야말로 얼마나 귀하고 끝내주는 것인지를. 적당히 단순하게, 정도껏 운치 있게. 매일을 특별함으로 채울 필요는 없어. 억지로 눌러 담지 않아 더 예쁜 하루도 있으니. 부디 난처한 상황 없이 무난하고 무사하고, 그저 마음 편한 하루가 되길.

오늘 당신은 어떤 마음과 마주했나요?

오늘의 내 마음 상태 기록

04

무작정 위로받고 싶은 날

오늘의 문장 처방

걱정하지 마

열심히 살아낸 너의 하루하루는

흘러가는 게 아니라 쌓여가고 있으니

당장 손에 잡히지 않아 허탈한 날일수록 기억해주길. 어딘가에 차곡차곡 남김없이 쌓여 있는 당신의 결실을 머지않아 발견하게 된다는 걸. 그러니 요란하지 않아도 잔잔하게 넘침 없는 당신의 하루를 더 사랑하길.

오늘 당신은 어떤 마음과 마주했나요?

05

무작정 위로받고 싶은 날

오늘의 문장 처방

잠들때까지 베개 언저리를

맴도는 걱정이 하나도 없도록

매일매일이 편안한 밤이길

어쩌면 정말 행복한 삶은 머릿속을 어지럽히는 걱정거리 없이, 불안함 없이. 개운하게 잠에 드는 날들이 아닐까요? 그러니, 오늘은 마무리하지 못해 침대까지 쫓아오는 걱정거리 하나 없이 그저 편안한 밤이길.

오늘 당신은 어떤 마음과 마주했나요?

06

무작정 위로받고 싶은 날

오늘의 문장 처방

살다보면 가끔은

아무런 전조도 없이

찾아드는 기쁨도 있다

예상치 못해 더 반짝이는 그런 기쁨도 찾아드는 법이다. 당신에게 유독 그런 기쁨이 북적이는 날들이면 좋겠다. 충분히 기쁨 속에 살아갈 소중한 존재라는 걸 잊지 않았으면 좋겠다.

오늘 당신은 어떤 마음과 마주했나요?

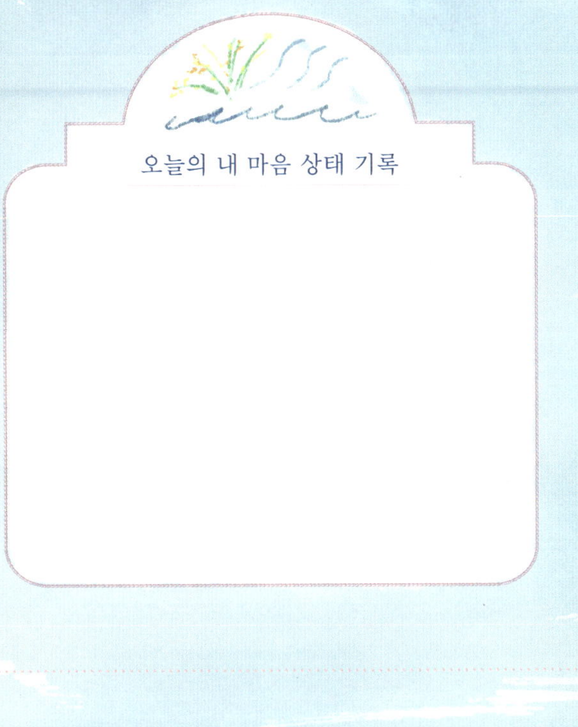

01

무작정 응원받고 싶은 날

오늘의 문장 처방

이제 지금보다
나아질 일만 남았다고
생각하자고요, 우리

가라앉고, 가라앉다 마침내 마주한 바닥은 오히려 반가운 법입니다. 더 이상 내려갈 곳이 없으니, 딛고 솟구칠 일만 남았으니까요. 힘들었던 시간만큼 더 반가운, 좋은 일들이 가득 밀려올 겁니다. 앞으로의 날들을 믿어보자고요.

오늘 당신은 어떤 마음과 마주했나요?

무작정 응원받고 싶은 날

오늘의 문장 처방

이번에도 물론 해내겠지
나부터 자신을 믿어주면 돼

삶의 고비마다, 변화를 앞둔 그 중요한 시점마다. 결국 믿고 힘써 의지해야 할 사람은 누가 뭐래도 나 자신이다. 그닥 미덥지 않고 영 부실해 보일지라도, 믿고 밀어주는 것이 나 자신과의 의리일 테고.

오늘 당신은 어떤 마음과 마주했나요?

03

무작정 응원받고 싶은 날

오늘의 문장 처방

내가 먼저 믿어주는 나 자신이
곧 이루어낼 모습이 된다

나 자신조차 믿어주지 못하는 모습이라면, 나 자신조차 믿게 하지 못하는 모습이라면, 어느 누구에게 믿음을 줄 수 있으며, 대체 어떤 모습을 이루어낼 수가 있겠냐고.

오늘 당신은 어떤 마음과 마주했나요?

오늘의 내 마음 상태 기록

04

무작정 응원받고 싶은 날

오늘의 문장 처방

내가 먼저
놓아버리지만 않는다면
언젠가 길은 열린다는 것을
의심하지 않기를

잠시 돌아갈 수는 있어도 절대 멈춘 것은 아니다. 정말 절실한 마음이라면 작게 쪼개어진 시간이라도 쌓고 쌓아 기어이 멋진 탑을 이룰 테니. 완전히 놓아버리지만 않는다면 언젠가 꺼내어볼 수 있는 날은 분명 온다는 것을 기억하기.

오늘 당신은 어떤 마음과 마주했나요?

05

무작정 응원받고 싶은 날

오늘의 문장 처방

마음보다 많이
뒤쳐지는 나지만
나부터 믿어주고
기다려주는 일

노력하고 있다면 조급해할 필요 없어. 조급하다는 건 스스로를 의심한다는 뜻이거든. 차곡차곡 쌓아올린 그 노력들이 가장 적절한 순간에 넘치는 보상으로 응답할 거야. 그러니 노력한 시간 만큼은 의심하지 말자. 지금 가장 필요한 건 믿어주고 기다려주는 일. 분명한 건, 당신의 시기는 온다는 것.

그 하나만큼은 의심의 여지가 없다는 것.

오늘 당신은 어떤 마음과 마주했나요?

오늘의 내 마음 상태 기록

06

무작정 응원받고 싶은 날

오늘의 문장 처방

그깟 명품 두르지 않아도
눈길이 머무는 당신은
신문지에 싸여있다 해도
반짝임을 감출 수 없는
그 자체로 명품이라는 걸

화려함이 눈길을 끌 수는 있겠지만, 정작 머리에 마음에 각인되는 것은, 그 사람 자체가 아닌 곁에 두르고 있는 화려한 무언가일 거예요. 수수함은 온전함. 애써 가꾸는 방향이, 다른 무언가가 아닌 스스로에게 맞춰지는 모습. 다른 화려함으로 가리지 않아도 온전히 자신을 드러낼 줄 아는 모습. 그래서 어떤 수수함은 충분히 화려함을 능가하지요. 조용하지만 묵직한, 수수한 이의 매력은 그런 겁니다. 겉모습이 화려하지 않아도 눈길이 머무는 당신이야말로 그 자체로 명품이라는 걸 기억해주면 좋겠습니다.

오늘 당신은 어떤 마음과 마주했나요?

오늘의 내 마음 상태 기록

01

무작정 확신이 필요한 날

오늘의 문장 처방

따뜻한 봄이 당연하게 돌아옴을
의심하지 않듯이 당연하게 찾아올
당신의 봄도 의심하지 말 것

겨울이 아무리 혹독해도 봄이 찾아오지 않을까 걱정하는 이는 없다는 것. 그러니 사랑해 마지않을 당신의 계절이 '당연하게' 돌아온다는 것도 의심하지말 것. 그리고, 기다려온 만큼 당신의 계절을 반갑게 맞이할 것. 지금도 어디선가 열심히 힘을 쌓아 달려오고 있는 그 계절을 믿고, 하루하루를 기대로 채워갈 것.

오늘의 내 마음 상태 기록

02

무작정 확신이 필요한 날

오늘의 문장 처방

어느새 성큼

바뀌어 있는 계절처럼

나아질 겁니다

염려하는 모든 일들이

그 힘겨웠던 계절도, 붙잡고싶던 포근한 계절도 어김없이 밀려나 저만큼 멀어진 것을 보세요. 그 강렬했던 지난 계절의 공기도 이내 기억에서 희미해질 게 분명하고요. 그러니 어김없이 나아질 겁니다. 염려하는 모든 일들이.

오늘의 내 마음 상태 기록

03

무작정 확신이 필요한 날

오늘의 문장 처방

멀리 돌아온 덕분에
더 일찍 도착할 수 있었다고
말하게 될 날이 올거야

덕분에 더 나은 모습으로 도착할 수 있었다고. 그때 더 빠른 길을 놓친 게 너무 다행이었다고 말하게 될 날이 올 거야. 그러니 자꾸 돌아볼 필요 없어. 지금의 길과 이 풍경에 온전히 마음 쏟다보면 어느새 알게 될 거야.

오늘 당신은 어떤 마음과 마주했나요?

무작정 확신이 필요한 날

오늘의 문장 처방

부디 일일이 무너지지 않길

갑자기 퍼붓는 비는

그만큼 갑자기 지나가 있을 테니

시련이라는 놈은 항상 갑자기 찾아오곤 합니다. 대비할 틈도 전조도 없이, 갑자기 찾아온 시련이라 휘청일 정도로 묵직함도 남다를겁니다. 하지만, 그만큼 갑자기 지나가 있을 것 또한 분명합니다. 언제 찾아왔나 싶을 정도로 맑게 개어 있을 하늘입니다. 분명 단단하게, 거뜬히 이겨낼 당신입니다. 시련이라는 녀석보다 먼저 무너지지만 않는다면. 휘청일지언정 무너지지지만 않는다면. 이 비가 그치는 날은 반드시 올 것이고, 그날의 하늘은 얼마나 예쁠까요? 세상 가장 예쁜 하늘을 기다려봅니다.

오늘 당신은 어떤 마음과 마주했나요?

오늘의 내 마음 상태 기록

무작정 확신이 필요한 날

오늘의 문장 처방

내가 보내온 시간들이
의미를 찾게 되는 날이
반드시 온다는 것

원래 노력이라는 건 눈에 보이지도 않게 꽁꽁 숨겨진 채로 자라나지만, 예상치 못한 순간 허우적거리는 손끝에 우연처럼 닿아 힘이 되어주는 법. 아무도 알아주지 않지만 혼자서 감당해낸 고민들, 포기하지 않았던 수많은 선택들. 이 모든 게 절대로 헛된 시간이 아니었다는 것을 증명해낼 날이 올 거야. 조금은 더디고 막막하겠지만, 반드시 올 거야.

오늘 당신은 어떤 마음과 마주했나요?

오늘의 내 마음 상태 기록

Part 5

유난히 사람이 힘든 날이 있다

누구나 겪는 갈등이라지만
무례함에 상한 마음
사람과 사람 사이는 왜 이리 어려울까요
사람이 싫어질 때

01

누구나 겪는 갈등이라지만

오늘의 문장 처방

갈등이 필요하다면

대화를 아끼고

마음을 얻고 싶지 않다면

표현을 아끼면 돼

삶의 난이도를 높이기 위한 꿀팁 되시겠다. 오해를 쌓고 거리감을 만드는 일은 이렇게나 단순하다. 단, 지나치게 호락호락하고 따분한 삶이 아닐 경우 절대 아끼지 말 것. 충분히 대화하고 최선을 다해 표현할 것.

오늘 당신은 어떤 마음과 마주했나요?

누구나 겪는 갈등이라지만

오늘의 문장 처방

그럴 가치가 없는
사람들에게
낭비되는 감정이
너무 많은 것 같아

돌아보면 그 골치 아팠던 얼굴들은 결국 나의 장면에는 남아 있지 않을 겁니다. 살면서 그저 잠깐 겹치는 짧은 노선에서, 참 얼마 못갈 얕은 인연 때문에. 그때는 왜 그렇게까지 아웅다웅하며 마음을 썼을까요. 이렇게 기억에서도 가물가물해질 사람이었는데. 평생을 놓고 보면 나에게 미치는 영향이라고는 지극히 미약한 사람이었는데. 왜 온 세상이 다 걸린 것처럼 그렇게 신경을 썼을까요. 내게 의미 있는 좋은 이들이었다면 아직도 내 장면 속에 남아주었을 겁니다. 우리는 가볍게 지나가는 이들이 가볍게 던지는 말보다, 오래오래 함께할 의미 있는 존재들의 말에 더 귀 기울였어야 했습니다.

오늘 당신은 어떤 마음과 마주했나요?

오늘의 내 마음 상태 기록

01

무례함에 상한 마음

책임져 주지 않을 사람들이

쏟아내는 참견은

적당히 참고만 하자

적당히

진정한 충고는 내뱉으며 자신이 아픈 것이라고 했다. 본인 기준에 맞지 않다고 참견하고, 거슬린다고 한 소리 하고, 정작 본인 말이 한 사람에게 미치는 영향에 대해서는 책임질 생각도 없으면서. 원래 남의 일은 쉬워보이고 남의 일에는 용감해지고 대체 왜 못하는지 이해가 안되는 것. '아, 제3자는 이렇게도 생각하는구나. 그럴 수도 있지.' 적당히 참고만 하자. 그리고, 진정 나를 위해 아픔을 무릅쓰고 건네는 소중한 조언, 진정한 충고를 분별하고 깊이 간직하자.

오늘 당신은 어떤 마음과 마주했나요?

무례함에 상한 마음

오늘의 문장 처방

솔직한 것과
무례한 것은
다르다

하고 싶은 말 다 하는 게 솔직한 줄 아는 사람들이 있다. 무례한 말을 뱉으면서 시원시원한 성격으로 포장하는 사람들이 있다. 정작 본인이 듣는 입장이라면 그렇게 생각할 수 있을까? 명심하자. 마음을 담은 작은 조언도 누군가에겐 도를 넘는 참견이 될 수도 있다. 자신의 기준을 남의 삶에 적용하는 건 절대로 가볍게 뱉을 만한 일이 아닌 것이다.

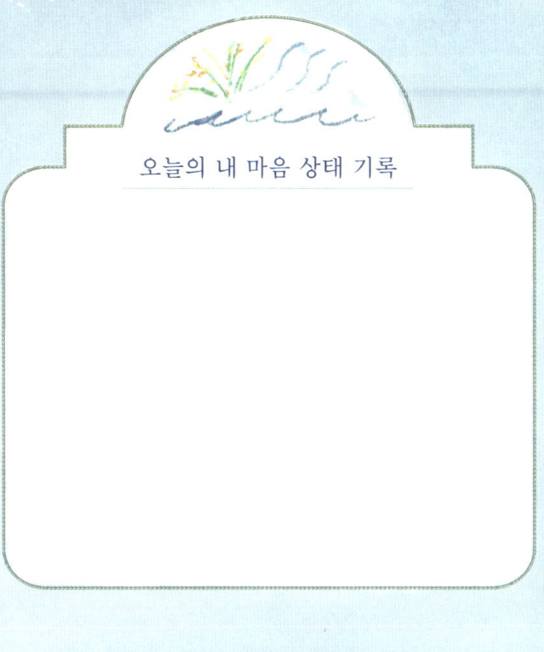

오늘의 내 마음 상태 기록

03

무례함에 상한 마음

오늘의 문장 처방

장난인지 아닌지는
받아들이는 사람이
판단하는 것

"장난인데 왜 그렇게 기분 나쁘게 받아들여?"

기분 나쁜 상황에 기분 나빠하는 것 자체를 잘못으로 만들어버리는 마법 같은 말. 장난인지 아닌지는 받아들이는 사람이 판단하는 것이 아니었나. 본인의 지나침을 받아들이는 사람의 예민함으로 떠넘기다니. 상대방이 불쾌하다면 절대 장난으로 포장해서는 안 되는 것이다. 보통은 장난이었다는 그 말이 더 열받으니까.

오늘 당신은 어떤 마음과 마주했나요?

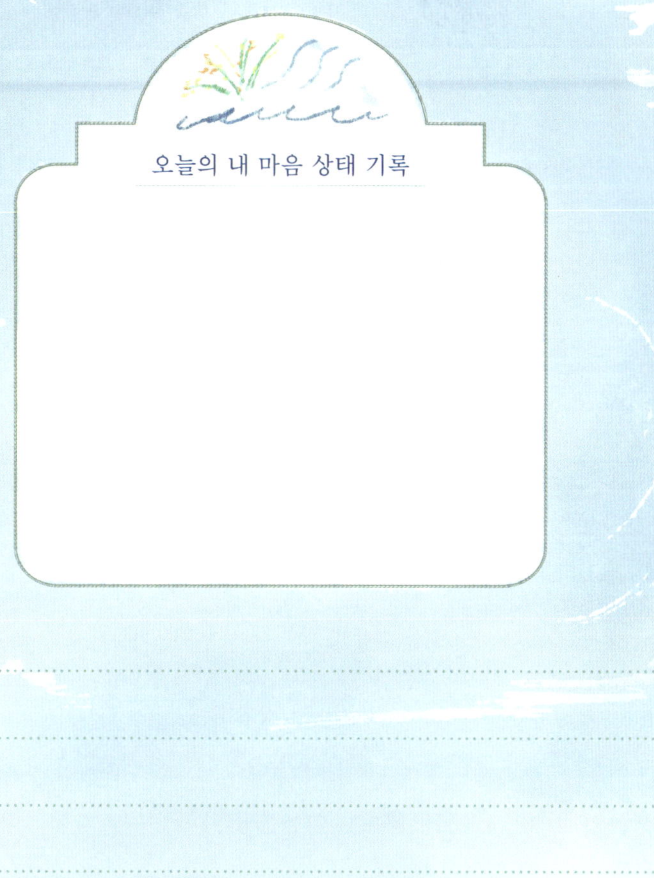

오늘의 내 마음 상태 기록

무례함에 상한 마음

나를 가볍게 판단하고
힘들게 하는 사람은
내 삶에서의 비중도
그만큼 가볍다는 걸 잊지 말 것

애초에 당신에게 정말 중요하게 남아줄 사람이라면 절대로 당신을 가볍게 판단하지 않겠지요. 절대로 그렇게 '가볍게' 당신을 힘들게 하지 않았을 것이고, 어떻게든 이보다 길게 이어진 관계가 되었을 겁니다. 아니라는 겁니다. 그 정도의 사람이. 끙끙거리고 감정 소비할 가치가 있는 사람이 아니라면 소중한 사람 한 번 더 챙기는 걸로 합시다. 한 걸음 물러나서 떠올려보는 겁니다.

'내가 저 사람 때문에 스트레스 받을 필요가 있나?'

오늘 당신은 어떤 마음과 마주했나요?

오늘의 내 마음 상태 기록

무례함에 상한 마음

조금씩 선을 넘는 사람은
'선을 크게 넘어도 되는지'
가늠하려는 것 뿐이야

애초에 '적당히'를 생각했다면 그렇게 선을 넘나들지는 않았겠지. 실수로 선을 넘었다면 화들짝 놀라서 훨씬 조심하는 게 정상이지 않을까. 사람과 사람의 관계에서 굳이 주도권을 쥐고, 상대방 위에 올라서려는 사람이라니. 생각만 해도 피곤함이 몰려온다. 이미 하루 종일 삶에 시달려온 우리가 이런 추가적인 수고로움까지 짊어질 필요는 없는 것이다. 잊지 말자. 이렇게 소모적이고 불편한 관계는 절대로 정상적이지 않음을.

오늘 당신은 어떤 마음과 마주했나요?

사람과 사람 사이는 왜 이리 어려울까요?

오늘의 문장 처방

상처 준 사람도 없이
혼자 받는 상처가
훨씬 더 아프게
다가올 때가 있다

　명확한 이유를 알 수 없는 상처가 있다. 욕해줄 가해자도 없으며, 이런 일로 상처받는 자신의 모습도 일종의 상처로 더해질 게 분명하다. 엮이며 살아가는 일이 한 번씩 이렇게 까다로운 것뿐이다. 탓할 필요도 자책할 필요도 없이 그저 또 다시 이어지고 멀어지며 살아갈 뿐.

오늘 당신은 어떤 마음과 마주했나요?

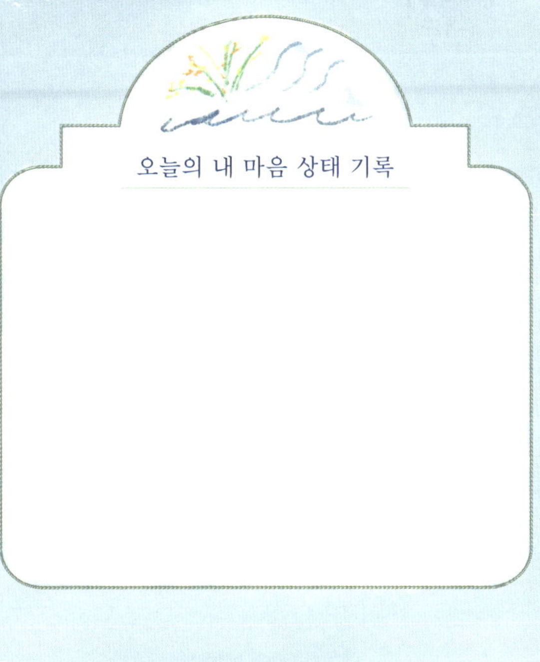

오늘의 내 마음 상태 기록

사람과 사람 사이는 왜 이리 어려울까요?

오늘의 문장 처방

어릴 때는 사람을 만날 때
어디까지 열어야 할지
이렇게까지 고민하지 않았는데

인간관계가 너무 쉽고 편했던 시절이 있었는데. 예전에는 나와 맞는 사람인지 아닌지 뛰어들어 부딪혀가며 알아갔지만, 이제는 인간관계의 쓴 맛을 너무나 알아버린 우리다. 그렇게 겹겹이 채워져버린 잠금장치를 하나하나 풀어내며, 마음을 연다는 것이 여간 어려운 게 아니다. 이제는 나 자신을 지킬 줄도 알게 되었을 뿐, 안타까울 일은 아니겠지. 다만, 지나친 경계로 소중한 인연을 놓치는 일은 없도록, 어린 시절의 허술한 단속도 조금은 남겨놓는 것이 어떨까.

오늘 당신은 어떤 마음과 마주했나요?

사람과 사람 사이는 왜 이리 어려울까요?

인간관계가 점점
힘들어진다는 건
체력을 분배하기
시작했다는 것

시간이 흐를수록 새로운 관계가 점점 힘들어진다는 건, 다름 아닌 체력을 분배하기 시작했다는 것이겠지. 예전처럼 있는 힘껏 아웅다웅하며 알아가기에는 이미 신경 쓸 일이 너무 많은 우리다. 사람으로 마음 쓰기엔 이미 주어진 삶이 꽤나 벅찬 이 현실을 씁쓸해하기보다는, 그 많은 잠금장치가 무색하게도 불쑥 삶에 들어와 한 자리 차지하고 있는, 그 귀한 인연을 더 소중히 대하는 수밖에.

오늘 당신은 어떤 마음과 마주했나요?

사람과 사람 사이는 왜 이리 어려울까요?

오늘의 문장 처방

적절하게 거절하는 것도
기술이고 능력이다

거절이라는 것은 나와 상대방의 마음을 모두 다독이며 최소한의 완충장치를 두르고 난처함을 최소화하며 사안을 밀어내는 복잡한 과정인 것이다. 그러니 거절이 승낙보다 어려워지고, 거절이 승낙보다 중요해지는 순간을 더러 마주하게 된다. 가까운 사이일수록, 잃고 싶지 않은 사이일수록 거절의 난이도 역시 높아지는 법. 언제쯤이면 젠틀하고 나이스하게 거절할 수 있는 사람이 될까. 상대방의 기분을 배려하면서도 모호하지 않게, 단호한 의사를 전달할 수 있는 거절 고수를 꿈꿔본다.

오늘 당신은 어떤 마음과 마주했나요?

오늘의 내 마음 상태 기록

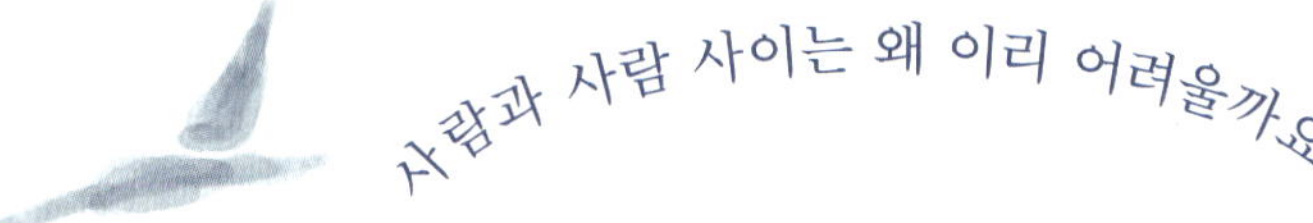

오늘의 문장 처방

어쩌면
잘 맞는 사람이란
결핍의 정도가
비슷한 사람이 아닐까

사람은 누구나 결핍이 있겠지만, 어느 쪽이든 감당하지 못하는 결핍은 상대방에겐 고통이다. 마음을 다해 힘닿는 한 채워주며 완성되는 관계도 있겠으나, 서로가 담아낼 수 있는 결핍의 정도가 너무나 다른 관계는 어쩌면 비극으로 향하겠지. 채워지지 않는 결핍의 당사자도, 채워주지 못하는 상대방에게도 안타까운 일이 분명하니까. 그러니 비슷한 결핍을 수용 가능한 용량으로, 채워주고 채움 받을 수 있는 사람과 함께하길. 조금 더 욕심을 내보자면, 수용하기 힘겨운 결핍마저 그보다 더 거대한 마음으로 끌어안을 수 있는 관계가 되길. 결핍을 키우는 것은 결국, 언제 끊어질지 알 수 없는 공급의 불안함이니. 변함없이 마음을 쏟는 안정감으로, 절대로 끊어지지 않을 것이라는 믿음과 확신으로. 거대한 결핍마저 한결같이 메워갈 수 있는 소중한 관계이길.

오늘 당신은 어떤 마음과 마주했나요?

오늘의 내 마음 상태 기록

01

사람이 싫어질 때

오늘의 문장 처방

자신이 베푼 것 이상을
기대하지 말 것
베푼 만큼 돌아올 것을
기대하지도 말 것

실망이라는 것은 결국 기대에서 탄생하며, 기대를 먹고 자라나는 것. 어쩌면 대부분의 실망은 돌려받으려는 마음에서 시작된다. '내가 이만큼 해주었으니 이만큼 되돌아오겠지' 하는 기대. 하지만 사람마다 담아내는 하루는 모두 다르고, 같은 상황도 받아들이는 무게는 모두 다른 것이 현실이다. 성급한 기대로 관계를 망치고 나 자신도 갉아먹는 일은 없었으면 한다. 우리는 내 마음을 지켜내기 위해서라도 기대치를 관리하자. 기대를 회수하는 것에 대해서만큼은 조금 무던해지는 것이 건강에 좋을지도 모른다. 가는 게 없었다면 오는 게 없는 것이 당연하고, 그렇다고 가는 만큼 항상 온전히 돌아오는 것도 아니라는 것을 기억하자.

오늘 당신은 어떤 마음과 마주했나요?

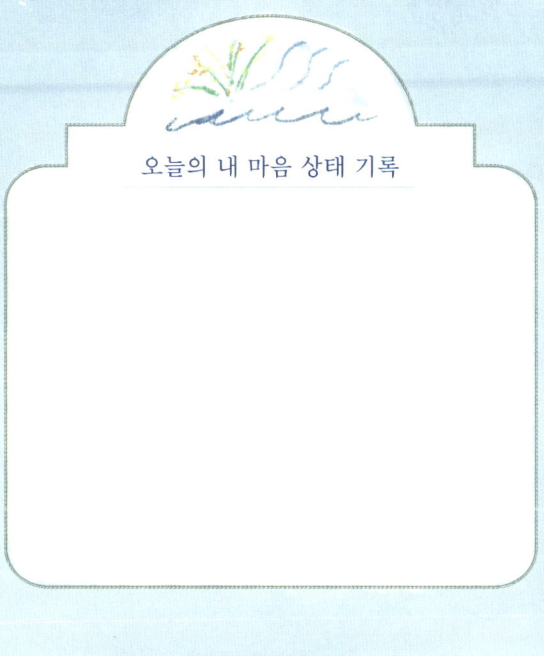

02

사람이 싫어질 때

오늘의 문장 처방

싫은 이유가
분명하지 않다면
성급하게 싫다고
결론 지어버리지 말 것

좋고 싫음은 감정의 영역이겠지만, 곰곰이 들여다보면 하나둘씩 분명한 이유를 끄집어낼 수 있거든. 이유가 분명하지 않다면, 그때의 기분이나 상황, 환경이 대입된 것일 수 있어. 그렇게 성급하게 싫다고 결론내버려서 '알고 보니', '의외로' 좋은 점들을 영영 놓치지 않았으면 좋겠어.

오늘 당신은 어떤 마음과 마주했나요?

사람이 싫어질 때

생각해보면 주변에

좋은 사람은 많아

싫은 사람이 워낙

강력하게 싫어서 힘들 뿐

막상 나열해보면 나를 힘들게 하는 이상한 사람보다, 멀쩡하고 좋은 사람이 많다. 그것도 훨씬. 나와 같은 처지에서 함께 공감해주고 서로 의지가 되어주는 사람들도 줄줄이 떠오른다. 다만, 안타깝게도 영화 속이나 현실이나 악역의 존재감이 워낙 막강할 뿐. 내 하루에 드리운 악역의 그늘에 가려져 있는 좋은 이들, 곳곳에 숨겨진 안전구역처럼, 숨 쉴 틈이 되어주는 소중한 이들에 더욱 초점을 맞추는 연습을 해야겠다.

오늘 당신은 어떤 마음과 마주했나요?

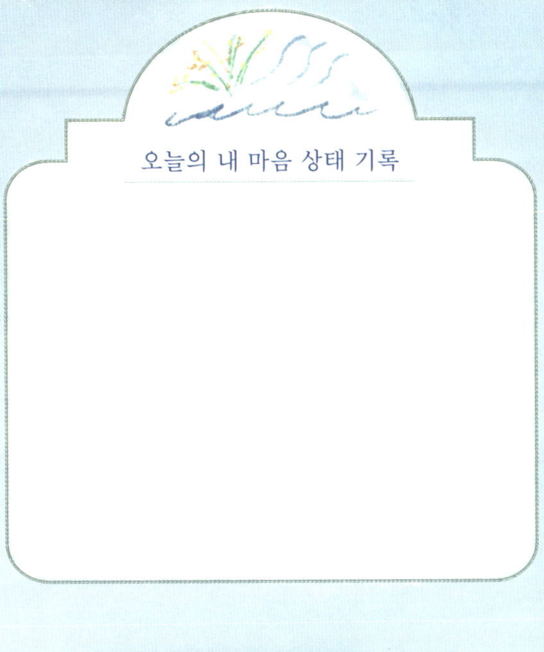

04

사람이 싫어질 때

오늘의 문장 처방

좋은 사람들 원 없이 보고
싫은 사람들 적당히 마주치는
하루하루가 되길

내 하루를 황폐하게 하는 것도 사람이나, 더 많은 선량한 마음을 모아 지탱해주는 것 또한 사람이니. 힘들수록 사람에 싫증내고 사람을 멀리할 것이 아니라, 멀리할 사람을 줄여가고 끌어안을 사람을 어떻게든 한 번 더 마주하며 내 하루를 보듬어야지.

오늘 당신은 어떤 마음과 마주했나요?

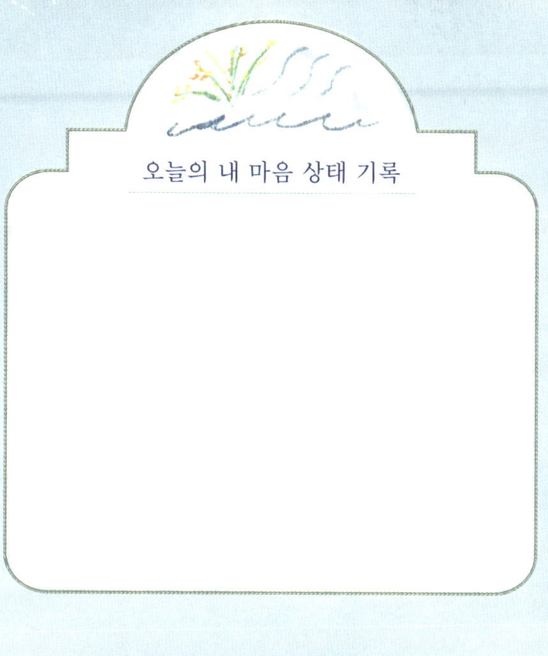

05

사람이 싫어질 때

오늘의 문장 처방

내 기준에 맞춰

기대하고

내 기준에 맞춰

실망하지 말 것

　멀어지기 위해 작정한 것이 아니라면, 내 기준에 맞춰 단정 짓지 말 것. 내 기대는 가끔, 아니 사실은 거의 대부분 결과보다 저만큼 앞서나가는 녀석이니, 기대라는 녀석이 기준이 되어버리면 많은 것이 자격 미달로 멀어지고야 말 것이다. '당연함'의 기준 역시 사람마다 다를 수 있음이 '당연함'을 기억하자. 나의 '당연함'에 맞지 않아 상심하고 멀어지는 관계가 없도록.

오늘 당신은 어떤 마음과 마주했나요?

Part 6

내 편이 있다는 것
삶 속에서 소중함이 밀려날 때
세상에 당연한 마음은 없다
있는 그대로 편안한 관계의 소중함
힘들수록 떠올려야 할 사람

01

내 편이 있다는 것

오늘의 문장 처방

무조건적인 내 편이
있다는 것만으로도
순간순간이 얼마나
든든해지는지

　그 든든함이 서로를 향하고 있다면 눈 뜨는 하루하루가 얼마나 포근해지는지. 그저 내 편이라는 것만으로도 얼마나 큰 위로가 되는지. 나 역시 언제나 같은 자리에서 무조건적인 당신의 편이 되어주고 싶은 마음을 되새겨야겠다.

오늘 당신은 어떤 마음과 마주했나요?

오늘의 내 마음 상태 기록

02

내 편이 있다는 것

좋은 사람 몇 명이면
어떻게든 버텨지는 게
삶인 것 같아

사는 게 생각보다 만만치 않겠지만, 힘이 되어주는 몇 명이면 또 어떻게든 살아낼 수 있는 게 인생이라는 생각을 합니다. 좋은 사람들이 뿜어내는, 우리를 지탱해주는 힘이 있습니다. 내가 좋아하는 이들에게 나 또한 좀 더 의미 있는 사람이 되어 주어야겠습니다.

오늘 당신은 어떤 마음과 마주했나요?

오늘의 내 마음 상태 기록

03

내 편이 있다는 것

오늘의 문장 처방

어려운 시기일수록
힘이 되어주는
사람의 존재는
더 빛나는 법

그냥 '누군가'가 필요한 순간. 혼자가 아니라는 것을 실감케 해주는 사람의 존재만으로도 주변 공기는 제법 온기가 돕니다. 저 또한 누군가에게 힘이 되고 온기가 되는 사람이고 싶다는 생각을 합니다. 소중한 이에게 힘이 되어주는 것 또한 묘한 중독성이 있거든요.

오늘 당신은 어떤 마음과 마주했나요?

01

삶 속에서 소중함이 밀려날 때

오늘의 문장 처방

싫은 사람에게
웃는 얼굴을 하고
소중한 사람에게
상처를 주는 현실

유난히 사람으로 시달리다 터덜터덜 집으로 돌아온 날이면 왠지 가족들에게도 말이 예쁘게 나가질 않는 것입니다. 하루 종일 한껏 예민해진 마음에 사소한 일에도 짜증이 스며들거든요. 다른 이에게 받은 상처와 부당함을 소중한 이에게 전가하는 것만큼 미련한 것이 있을까요. 상처 준 이는 따로 있는데, 정작 나를 걱정해주는 이에게 감정을 쏟아내는. 후회할 것이 분명한 상황만은 만들지 말아야겠습니다.

오늘 당신은 어떤 마음과 마주했나요?

오늘의 내 마음 상태 기록

삶 속에서 소중함이 밀려날 때

소중한 것을

챙기는 것조차

버거울 만큼

마음의 여유가 없는

시기가 있다는 것

바빠질수록 밀려나는 게 가장 소중한 이들이라면, 무엇을 위해 이렇게 정신없이 달리고 있을까요. 바빠질수록 소홀해질수록 잊지 말아야겠습니다.

우리는 소중한 이들과 더 행복하기 위해 바쁜 일상을 열심히 살아내고 있다는 것을.

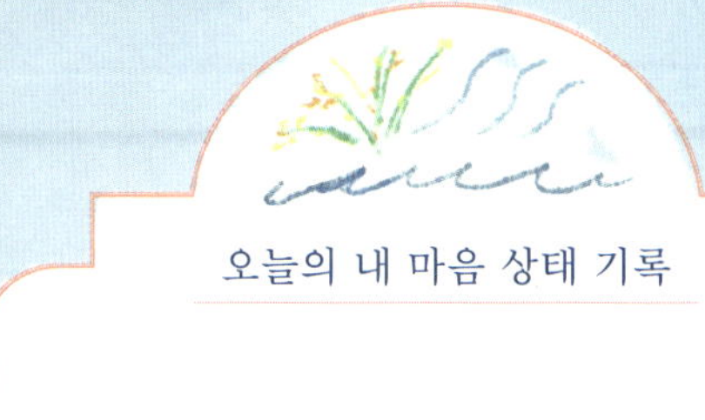

오늘의 내 마음 상태 기록

세상에 당연한 마음은 없다

오늘의 문장 처방

잊지 말자

건강한 관계가

유지되는 연료는

서로를 위한

끊임없는 노력이다

　오래 유지되는 관계는 다 이유가 있는데, 그야말로 크고 작은 노력으로 빚어낸 산물인 것이다. 그냥 얻어지는 게 아니고 저절로 유지되는 게 아니고. 별다른 노력 없이도 문제없이 유지되고 있는 관계라면, 어느 한쪽이 내 몫까지 몇 배로 노력하고 살피고 참고 있는지도 모르겠다.

오늘의 내 마음 상태 기록

02

세상에 당연한 마음은 없다

오늘의 문장 처방

얼마나 대단하고 고마운 일인지
알기 때문에
절대로 당연하게 여기지 말아야 해
한결같은 마음은

그야말로 눈 한 번 감았다 뜨면 환경도 상황도 변해버리는 세상에서, 한결같은 마음보다 고마운 것은 없다. 그 대단한 마음을 당연하게 여기는 것이야말로 얼마나 오만한 마음인가.

오늘의 내 마음 상태 기록

세상에 당연한 마음은 없다

오늘의 문장 처방

주변에 이렇게
좋은 사람이
있다는 것만큼
잘 살아가고 있다는
확실한 증거는 없어

가끔 내 자신이 유독 초라해 보이고, 내가 보내온 시간들이 헛되어 보이고, 이룬 것 없는 스스로에게 회의감이 밀려올 때. 내 주변으로 시선을 돌려보기로 했습니다. 자신을 탓하는 것이야말로 나의 시간들이 빚어낸 결과물인 이 훌륭한 사람들까지 부정하는 것이니까요.

오늘 당신은 어떤 마음과 마주했나요?

오늘의 내 마음 상태 기록

04

세상에 당연한 마음은 없다

시간이 흘러도

곁에 남아있는 사람들이

얼마나 고맙고 소중한지

너무 늦기 전에

깨닫는 것이 좋다

　서로 다른 배경에 놓여 각자의 무게를 짊어지고 살아가는 이들이, 잊지 않고 얼굴 맞대며 또다시 삶과 삶을 포개어 공유한다는 것. 얼마나 고맙고 또 어려운 일인지. 그 단단한 마음이 얼마나 값어치 있는 것인지. 너무 늦기 전에 내 사람들에게 미리미리 잘하기.

오늘 당신은 어떤 마음과 마주했나요?

01

있는 그대로 편안한 관계의 소중함

오늘의 문장 처방

가장 초라한 시절에

숨지 않고 얼굴 보며

털어놓을 수 있는 사람

　　생각해보면 주변 사람들이 우수수 희미해지는 구간들이 있다. 대학 진학이, 취업이, 사업이, 집안 사정이 제대로 풀리지 않으면 종적을 감춰버리는 관계가 참 많다는 생각을 한다. 가장 힘든 시기에 혼자만의 세계에 스스로를 가두지 않고, 있는 그대로의 모습으로 편하게 마주할 수 있는 관계란 얼마나 소중한지. 우리는 가장 볼품없는 시절에도 서로에게 기꺼이 힘이 되어주는 둘도 없는 관계이길.

오늘 당신은 어떤 마음과 마주했나요?

오늘의 내 마음 상태 기록

02

있는 그대로 편안한 관계의 소중함

오늘의 문장 처방

내 자신을 애써 꾸미고
포장하지 않아도 되는 관계가
얼마나 소중한지

더 나은 모습을 연기하지 않아도 끈끈하게 흘러가는, 사소한 표현까지 고민하지 않아도 받아들임에 어긋남이 없는, 있는 힘껏 솔직하게 마주할 수 있는 관계가 얼마나 소중한지. 있는 그대로의 모습으로 충분한 관계. 더할 나위 없음이야.

오늘 당신은 어떤 마음과 마주했나요?

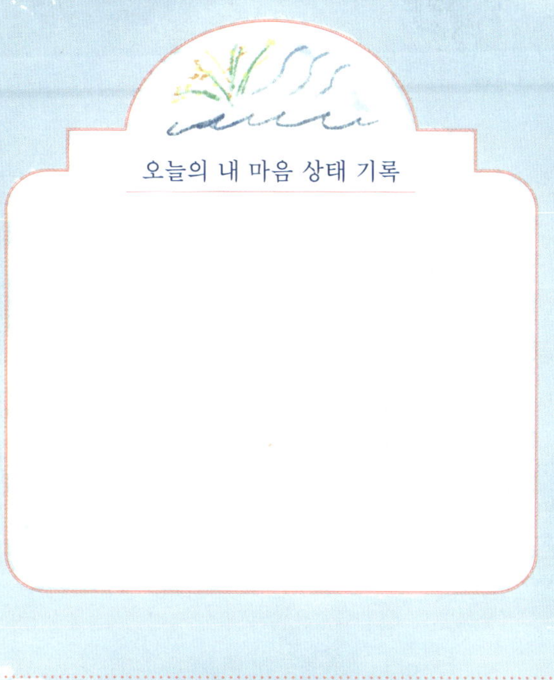

오늘의 내 마음 상태 기록

01

힘들수록 떠올려야 할 사람

오늘의 문장 처방

언제나 당신이

잘 되길 바라고

응원하는

사람이 있다는 걸

잊지 말아요

항상 나를 받쳐주는 그 묵묵한 응원이 있기에 이 삶은 한 발 더 내디딜 충분한 가치가 있다는 것. 온통 만만치 않은 일들이 가득한 세상이라지만, 이것만큼은 잊지 않았으면.

오늘 당신은 어떤 마음과 마주했나요?

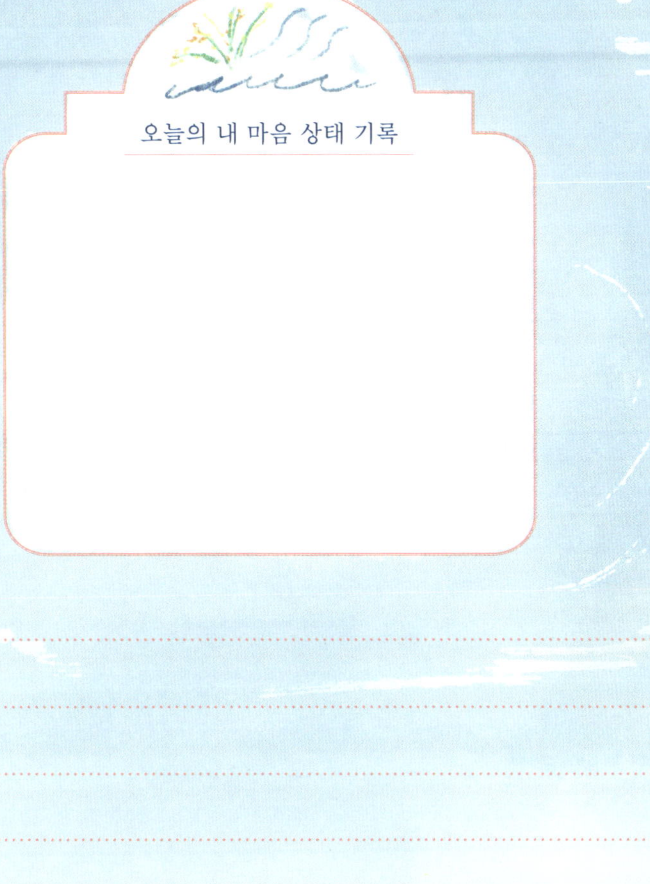

오늘의 내 마음 상태 기록

02

힘들수록 떠올려야 할 사람

오늘의 문장 처방

그 자리에 계속
있어주는 것만으로도
고마운 사람이 있다

상황이야 이리저리 변하고 뒤엉킬지라도, 처음 맞춘 시선 그대로 변함없이. 온전한 나를 눈에 담아내며 곁에 머물러주는 마음. 적어도 이 한 사람만큼은 나를 이해해줄 것이라는 근원 모를 확신과, 떠나갈 것이 걱정되지 않는 근거 없는 자신감을 묘하게 휘감아주는 마음.

오늘 당신은 어떤 마음과 마주했나요?

03

힘들수록 떠올려야 할 사람

오늘의 문장 처방

내 가치를

알아봐주는 사람이

있다는 것 만으로도

세상은 꽤 살만해진다

내가 그려온 내 모습에 비해 이루어낸 것은 작고 하찮아 위축되는 날에도, 사소한 특별함조차 끌어올려 빛나게 해주는 사람이 있다.

오늘의 내 마음 상태 기록

04

힘들수록 떠올려야 할 사람

오늘의 문장 처방

적어도 누군가에게는

당신이 가장 빛나고

의미 있는 존재라는 것

가끔은 초라하고 부족해 보이는 내 모습을 최고로 소중하고 대단한 존재로 여겨주는 누군가가 있다는 것. 그 하나로 이 하루가 제법 든든해진다는 것.

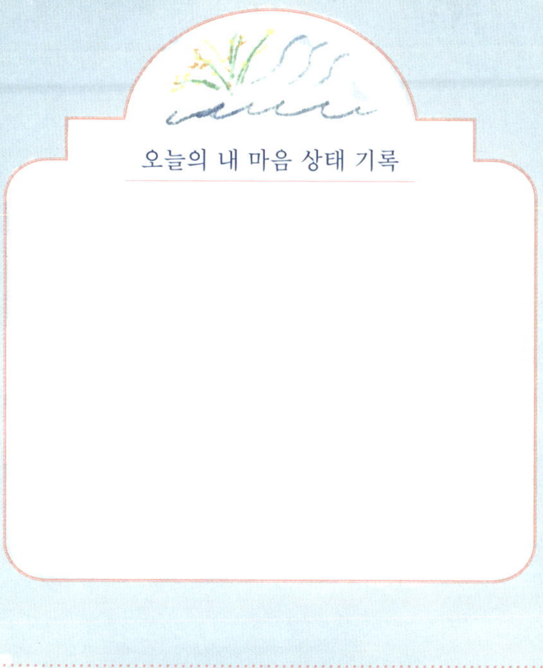
오늘의 내 마음 상태 기록

Part 7

어떤 사람과 함께해야 할까

더 나은 모습을 그리게 만드는 관계
순간순간 더 선명해지는 마음
오래 가는 관계를 꿈꾼다면
우리는 기울어지지 않은 마음이길
함께 같은 곳을 바라보는 일

더 나은 모습을 그리게 만드는 관계

오늘의 문장 처방

정말 좋은 사람과

함께한다면

나도 내 자신을

점점 더 좋아하게 돼

이 사람과 함께라면 부족한 나도 특별해지는 기분을 느끼게 해주는, 그 사람이 맞다. 잊고 있던 내 가치를 알아봐주는 사람, 가라앉는 나를 끌어올려주는 사람. 흠을 흠으로 보지 않는 사람 앞에서 어떻게 작아질 수가 있을까. 진짜 좋은 사람은 절대 혼자 좋은 사람으로 남지 않는다. 있는 그대로의 나를 바꾸려하지 않아도, 전해오는 마음이 소중하고 고마워서 더 좋은 모습으로 함께하고 싶다는 예쁜 마음을 끌어내주는 그런 사람이 있다.

오늘의 내 마음 상태 기록

더 나은 모습을 그리게 만드는 관계

변화가 필요할 때

가장 좋은 동기 부여는

잘 보이고 싶은 사람이 생기는 것

아마 사람이 가장 부지런해지고, 가장 의욕이 넘치는 순간은 누군가가 막 마음에 들어오게 된 순간이 아닐까요? 그 다디단 공기부터, 사소한 것 하나하나가 모두 의미를 갖게 되는 순간. 설렘을 동력으로 무엇이든 할 수 있을 것만 같은 바로 그런 경험. 더 나은 모습을 보여주고 싶은 누군가가 생겼을 때 사람은 얼마나 부지런해지는지. 그 마음이야말로 얼마나 멋진 동력인지. 조용히 들어와 무한에 가까운 동력이 되어주는 누군가가 있다는 것이 얼마나 행복한 일인지요.

오늘 당신은 어떤 마음과 마주했나요?

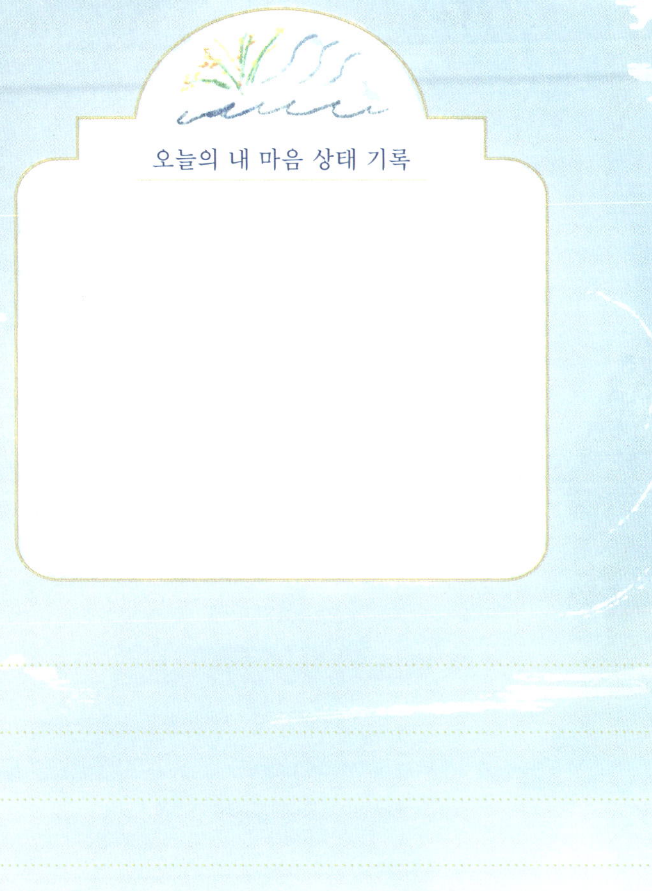

오늘의 내 마음 상태 기록

01

순간순간 더 선명해지는 마음

오늘의 문장 처방

정말 좋은 사람은
바쁠수록 힘들수록
더 생각나는 법이다

없는 시간도 만들어내게 하는 사람이 있다. 생각해보면 바쁘니까 미뤄지는 약속이 있고, 바쁘니까 잠깐이라도 얼굴을 보면 힘이 나는 사람이 있는 것이다. 어쩌면 바쁨이라는 것도 이렇게나 상대적일 수 있다. 아무리 어려운 상황이 와도 밀어내지 못하는, 압도적으로 소중한 누군가가 있다는 것. 그 함께하고 싶은 시간을 위해 차라리 잠을 줄여보고, 점심 식사도 거르며 일을 서둘러보고, 좋아하는 무언가를 눈 딱 감고 포기해 볼 정도로 압도적인 우선순위 말이다. 어쩌면 마음이라는 건, 소중함이라는 건, 다른 모든 상황에 우선할 수 있는 정도라고 볼 수 있겠다.

오늘 당신은 어떤 마음과 마주했나요?

오늘의 내 마음 상태 기록

02

순간순간 더 선명해지는 마음

오늘의 문장 처방

어쩌면 마음의 크기는

마주하는 순간보다

기다림의 순간에 더

여실히 드러나는 것

　누군가를 기다리는 순간만큼 세상이 온통 그 사람으로 가득한 시기가 있을까요? 조금 닮은 사람만 지나가도 다 그 사람으로 보이고, 이내 그 사람이 아닌 것에 실망하고, 저 멀리 기다리는 그 사람이 보이기 시작할 때의 그 반가운 웃음, 마침내 닿게 되어 건네는 약간의 투덜거림까지. 누군가가 기다려진다는 것은 이 지루한 기다림의 시간마저 온통 그 대상을 향한 애틋함으로 채워지는 증폭의 시간이 됩니다. 우리는 매일매일 기다려도 여전히 벅차게 기다려지는 사람과 함께해야겠습니다.

오늘 당신은 어떤 마음과 마주했나요?

오늘의 내 마음 상태 기록

03

순간순간 더 선명해지는 마음

오늘의 문장 처방

날씨가 좋다는 이유로
생각 나는 사람은
날씨가 안 좋아도 물론
생각하고 있습니다

날이 좋아서 떠오른 줄 알았는데, 날이 궂으면 궂은대로 여전히 떠올리고 있습니다.
아니, 날씨는 핑계일 뿐 마음 한쪽으로 항상 떠올리고 있는지도 모르겠습니다.

오늘의 내 마음 상태 기록

01

오래 가는 관계를 꿈꾼다면

오늘의 문장 처방

관계에서 가장
중요한 것은
함께 있을 때 느껴지는
안정감이다

오래 유지되는 관계는 이유가 있더라. 정말 좋은 사람은 상황에 따라 이리저리 휩쓸리지 않고, 정말 좋은 관계는 상대방을 불안하게 하지 않는다.

오늘의 내 마음 상태 기록

02

오래 가는 관계를 꿈꾼다면

오늘의 문장 처방

대화가 끊이지 않는

사람도 좋지만,

대화 없는 여백까지

공유할 수 있는

사람이 더 좋다

대화가 끊이지 않고, 빈틈없이 이어져야만 '잘 맞는 사람'이라고 생각했던 시기가 있었다. 그런데 시간이 흐를수록, 그렇게 쉬지 않고 에너지를 쏟아붓지 않아도 충분히 좋은 관계일 수 있다는 생각을 하게 된다. 굳이 대화로 채우지 않아도, 심지어 서로 다른 일을 하고 있어도 끈끈하게 연결되고, 보이지 않는 무언가로 함께하는 공간이 가득 채워지는 사람. 그런 사람이 더 좋다.

오늘 당신은 어떤 마음과 마주했나요?

오늘의 내 마음 상태 기록

03

오래 가는 관계를 꿈꾼다면

오늘의 문장 처방

예열이 잘 되는
사람은 많아요
보온이 잘 되는
사람을 만나요

누구나 처음에는 뜨겁다. 오히려 너무 불같은 사람을 경계하자. 그만큼 빠르게 식어버리기 십상이다. 불같이 타오르진 않아도 충분히 유지 가능한 은은한 온기를 지닌, 뜨겁진 않아도 오래토록 뜨끈한 잔열을 지닌, 그런 사람과 함께하자.

오늘 당신은 어떤 마음과 마주했나요?

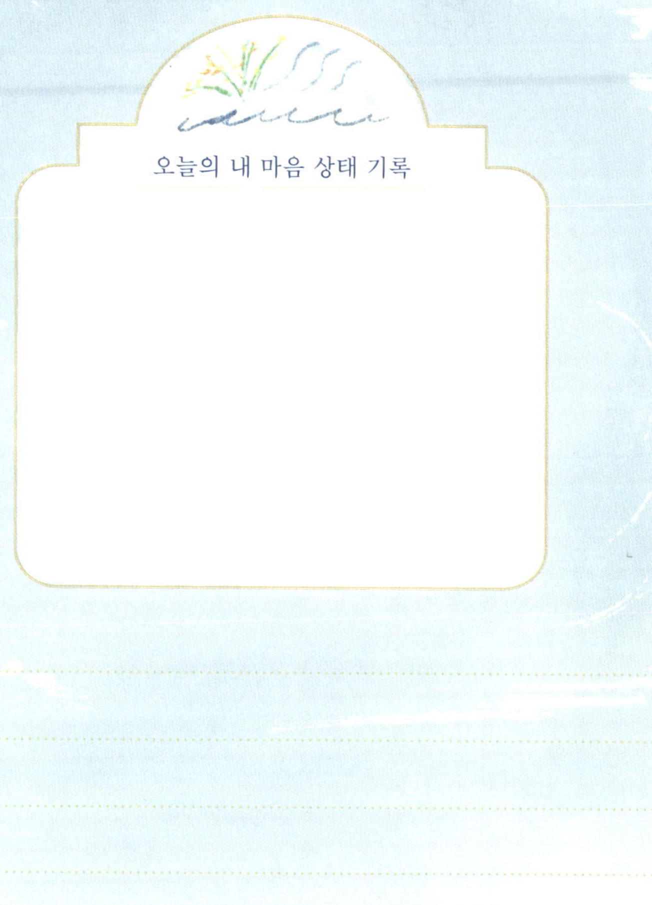

04

오래 가는 관계를 꿈꾼다면

오늘의 문장 처방

아무것도 하지 않아도

함께 있는 시간이

아깝지 않은 사람

함께 낭비하는 시간도 아깝지 않은 사람. 아깝지 않다면 더 이상 낭비가 아니게 되는 것이다.

꼭 특별한 무언가를 채우지 않아도 함께하는 이에 따라 충분히 의미있는 시간이 된다는 것.

오늘의 내 마음 상태 기록

05

오래 가는 관계를 꿈꾼다면

오늘의 문장 처방

함께 할수록

충전이 되는 사람

함께 할수록

방전이 되는 사람

사실은 알고 있잖아요. 좋은 사람과 함께할 때 당신이 얼마나 반짝이는지. 피곤하기는 커녕 얼마나 체력이 샘솟는지. 이 관계에서 내가 가라앉고 있다면, 나 자신을 소모하고 있다면, 안타깝지만 전압이 맞지 않나봅니다.

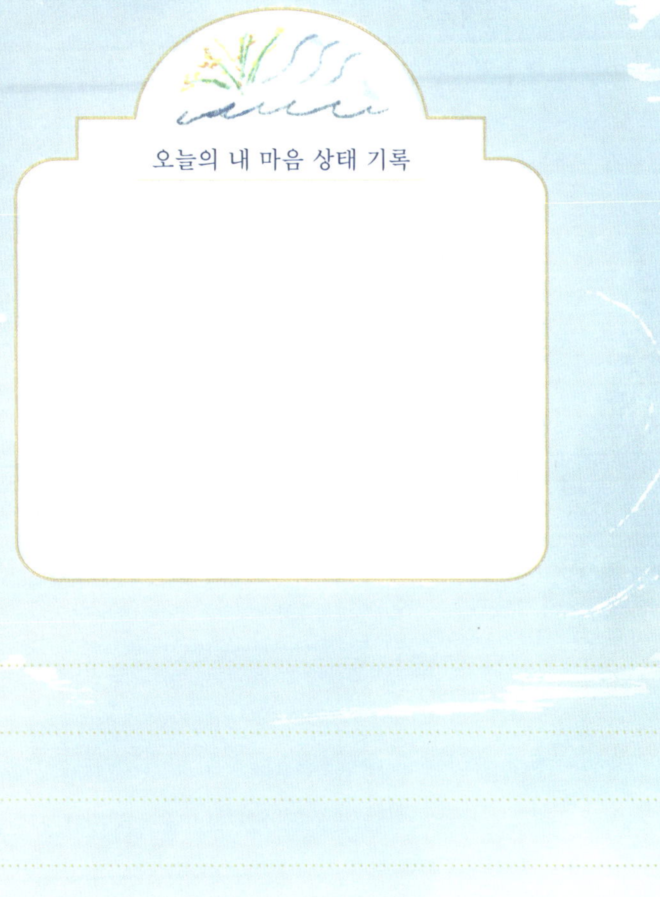
오늘의 내 마음 상태 기록

01

우리는 기울어지지 않은 마음이길

오늘의 문장 처방

정말 좋은 관계는
어느 한쪽이 약자가 되지 않아요

어느 한쪽이 약자가 되는 관계는 사양합니다. 정말 좋은 관계는 절대로 상대방 위에 올라서려고 하지 않아요. 어느 한쪽이 더 많이 참아내며 유지되는, 이미 기울어진 관계는 아닌지 생각해보자고요. 누가 시키지 않아도 기꺼이 서로 자신을 낮추는 관계란 얼마나 보기 좋은지. 아끼는 누군가를 위해 나를 낮추면서 오히려 찾게되는 기쁨이 있지요. 내가 먼저 상대방을 높여주고, 배려해주는 상대방을 당연하게 여기지 않고, 서로를 향한 아끼는 마음으로 함께 성장하는. 그런 사람이 되어 그런 사람과 함께하자고요. 우리는.

오늘 당신은 어떤 마음과 마주했나요?

오늘의 내 마음 상태 기록

우리는 기울어지지 않은 마음이길

완벽하게 맞진 않아도

기꺼이 맞춰 가고 싶다는

생각이 들게 만들어주는 사람

내가 수많은 시간동안 쌓아올린 나의 방식을 내려놓고 맞춰간다는 것은, 그 사소한 모든 순간순간에 함께하는 이를 대입하고 있다는 것. 그 달라지기 힘든 사람이 다른 모습이 된다는 것은 행동 하나하나 그 사람에게 맞춰진다는 것이니, 얼마나 어렵고 감사한 일인가요. 그러니 우리는 하나의 세계처럼 맞아떨어지는 사람이 아니라, 기꺼이 내 세계를 온통 허물어놓아도 아깝지 않을 그런 사람과 함께해야겠습니다.

오늘 당신은 어떤 마음과 마주했나요?

오늘의 내 마음 상태 기록

우리는 기울어지지 않은 마음이길

오늘의 문장 처방

서운함을

느낀다는 건

그만큼

신경쓰고 있다는 것

사람의 마음을 여실히 깨닫게 하는 건 의외로 서운함 같은 찜찜한 감정들이다. 예상치 못한 순간에 등장한 이런 류의 감정은 주로 부인되곤 하다가, 이내 많은 생각을 던져주기도 하는 것이다. '내가 서운할 게 뭐가 있어!'라는 마음에서, '내가 왜 서운하지?'같은 마음이 되는 그런 과정. 잊지 말자. 아끼는 마음이 없다면 서운한 마음도 생기지 않는다는 것을.

오늘 당신은 어떤 마음과 마주했나요?

오늘의 내 마음 상태 기록

01

함께 같은 곳을 바라보는 일

오늘의 문장 처방

사람은 누구나

변하겠지만

같은 방향으로 함께

변해갈 수 있는 사람이길

특별히 노력하지 않아도 같은 흐름으로 흘러가는, 억지로 조율하지 않아도 나란히 같은 곳을 향하는, 바로 그런 사람과 함께하고 싶다는 생각을 한다. 혼자서만 저만치 멀어지는 사람 말고.

오늘의 내 마음 상태 기록

02

함께 같은 곳을 바라보는 일

오늘의 문장 처방

어떤 사람과

함께하느냐에 따라

마주할 세상이 달라진다는 것

'어떤 사람과 함께 어떤 세상을 마주할 것인가'

어떻게 보면 함께하는 이는 날씨와 같네요. 화창하고 포근하면 덩달아 들뜨지만, 흐리고 우중충하면 덩달아 다운되게 만드는 날씨 말입니다. 함께하는 순간 나의 세상이 되어버리는, 그 어떤 이에 따라 내 날씨도 좌우되거든요.

오늘의 내 마음 상태 기록

03

함께 같은 곳을 바라보는 일

오늘의 문장 처방

같은 장면을
비슷한 시선으로
바라볼 수 있는 사람

서로 다른 생각으로 세상을 보는 사람들 속에서, 같은 곳을 보며 말없이 같은 마음으로 공감할 수 있는 사람은 얼마나 소중한지. 나와 닮은 사람이 주는 안정감은 절대로 무시할 수가 없는데, 어쩌면 가장 큰 안정감을 주는 사람은 '시선이 닮은 사람'일지도 모르겠다.

오늘 당신은 어떤 마음과 마주했나요?

오늘의 내 마음 상태 기록

Part 8

마음에 결정이 필요한 순간

내 마음에 솔직해져야 할 시간
마음을 놓아주어야 할 시간
일방적인 마음이 아픈 날

01

내 마음에 솔직해져야 할 시간

오늘의 문장 처방

좋은 마음일수록

입 밖으로 표현하는

연습이 필요해

좀 더 감정에 솔직해질 수 있는 모습이 되자. 내 감정에 솔직해지는 것 또한 용기일 테니까.
독심술 같은 것 없는 상대방이 그냥 알아주길 기대하지 말고.

오늘 당신은 어떤 마음과 마주했나요?

02

내 마음에 솔직해져야 할 시간

오늘의 문장 처방

표현의 시기는

기다려주지 않으니

아낌도 미룸도 없이

지금이어야 한다

우리 적어도 마음은 아끼지 말자. 아낄수록 도리어 잃는 것만 늘어나는 것이 마음이니까.
'그때 더 표현했다면…'의 시기가 되기 전에.

오늘 당신은 어떤 마음과 마주했나요?

오늘의 내 마음 상태 기록

03

내 마음에 솔직해져야 할 시간

오늘의 문장 처방

있는 힘껏 표현하세요
충분히 표현했다는 착각으로
닿지도 못한 채 저무는
마음이 없도록

정말로 충분히 표현했다면 세상에 전달되지 않은 진심이 이렇게 많을 리가 없다. 공들인 '비언어적' 표현은 낭만적일 수 있지만 전달력은 형편없어서, 입 밖으로 뱉어낸 사소한 진심보다 부족한 경우가 많다. '이정도면 충분히 표현했다'는 위험한 생각을 할 시간에, 말로 전하자. 말로.

오늘 당신은 어떤 마음과 마주했나요?

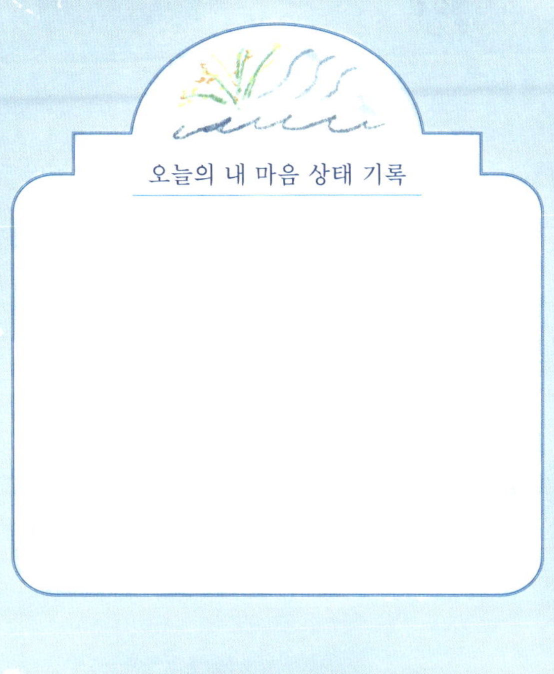

오늘의 내 마음 상태 기록

04

내 마음에 솔직해져야 할 시간

오늘의 문장 처방

진심은 결국

표현할 때 진심이 된다

그냥 눌러 담아 놓으면 전달되는 것은 아무것도 없다는 그 당연한 사실을 애써 외면하지 말아야 한다. 망설이고 있는 이 아까운 시간에 '어떻게 표현해야 할까'를 먼저 고민하는 게 맞다.

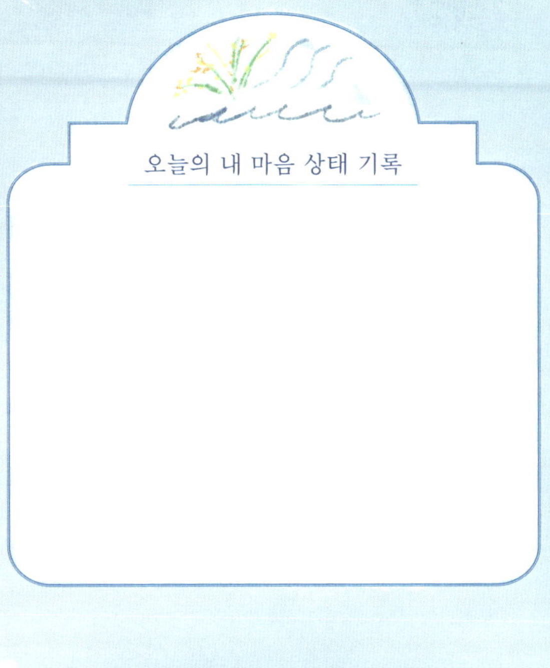
오늘의 내 마음 상태 기록

05

내 마음에 솔직해져야 할 시간

오늘의 문장 처방

후회가 많은 편이라면
좋은 마음을 숨겨버리는
걱정 많은 습관을 먼저
고쳐보는 게 어떨까요

좋은 마음이라면 충분히 표현하고, 부정적인 마음을 눌러 담아야지, 보통 반대가 되면 대부분 후회로 이어질 수밖에. 좋은 마음일수록 입 밖으로 표현하는 연습이 필요한 법이다.

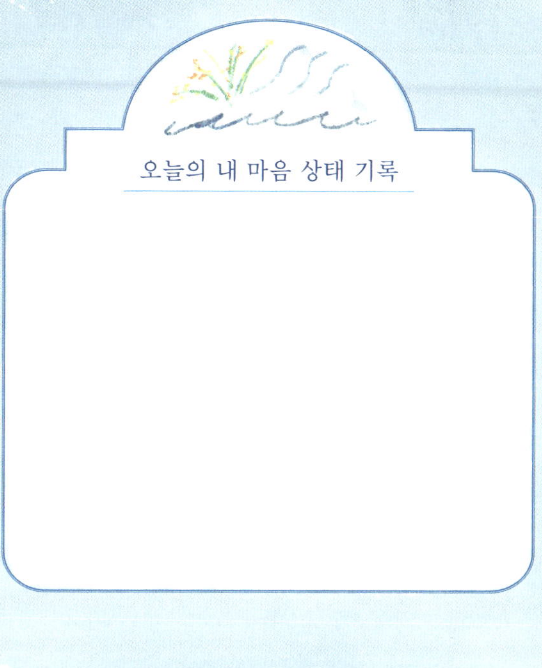

오늘의 내 마음 상태 기록

06

내 마음에 솔직해져야 할 시간

어떤 진심은 오히려
거짓보다 서툴다는 것

　감추기도, 그렇다고 꾸미기도 어려운 어떤 진심은. 다만, 후회가 많은 편이라면. 이 순간에도 후회라는 것이 차곡차곡 많이도 쌓여가는 중이라면, 좋은 마음을 숨겨버리는 걱정 많은 습관을 먼저 고쳐보는 게 어떨까. 입밖으로 배출되지 못한 마음은 돌고 돌아 체지방 쌓이듯 마음 안쪽 어딘가에 쌓이고 응어리져 무겁게 짓눌러오는 순간이 온다. 우리는 덩달아 기울어 가라앉게 될 것이고.

오늘 당신은 어떤 마음과 마주했나요?

오늘의 내 마음 상태 기록

01

마음을 놓아주어야 할 시간

오늘의 문장 처방

내려놓는다는 것은 끊어내는 것이 아니라

마음 한구석에 자리 내어 주고

들여다 보지 않으려 애쓰는 것이었지

마음을 쏟았던 것일수록 끊어내는 것도 쉬울 리가 없다. 그러니 지나치다 한 번쯤 들여다보는 먼지 쌓인 기억으로, 그저 남겨두면 된다. 내려놓은 자리에서 언젠가는 기어이 희미해지겠지만, 어렴풋이 남은 그때의 내 모습은 그 자체로 의미가 있으니. 지워내려 애쓰기보다는 바스라져 없어지는 순간까지 그저 놓아두고 지내면 된다.

오늘 당신은 어떤 마음과 마주했나요?

02

마음을 놓아주어야 할 시간

오늘의 문장 처방

계절이 지나간 자리는

또 다른 계절로 뒤덮이고

마음이 머물던 자리는

또 다른 마음으로 채워지는 것

언제 떠나갔냐는 듯이, 새로운 계절, 새로운 마음으로 채워져 있을 겁니다.

늦기 전에 자리를 내어두어야 새로 찾아드는 고마운 마음도 놓치지 않아요.

오늘 당신은 어떤 마음과 마주했나요?

03

마음을 놓아주어야 할 시간

오늘의 문장 처방

나만 진심인 관계라면
내려놓을 수 있기를

쉽지 않겠지만 붙들고 있는 것보다는 나을 테니, 이쯤에서 돌아 나올 수 있기를.

어쩌면 기회를 붙잡는 용기만큼이나 중요한 것이 멈추어야 할 순간을 놓치지 않는 용기일지도 모르겠다.

오늘 당신은 어떤 마음과 마주했나요?

04

마음을 놓아주어야 할 시간

오늘의 문장 처방

그 모든 걸
감수할 정도의 마음은
아니었을 뿐입니다

보이지 않는 저울이 바쁘게 움직여 내려진 결론일 뿐입니다. 그 이상 크고 무거운 마음은 아니었기에, 놓아버리는 쪽으로 기울었을 뿐입니다. 이런저런 이유를 붙여 보겠지만 사실은 간단할 거예요.

오늘 당신은 어떤 마음과 마주했나요?

05

마음을 놓아주어야 할 시간

오늘의 문장 처방

이미 동력을 잃고

관성으로만 나아가는

마음이라면

멈춰 세울 순간을

놓치지 않길

　이미 내 마음은 실체가 없는데도 습관적으로 나를 밀어넣고 있거나, 다 알지만 멈춰 세울 용기가 없거나. 더이상 멈추지 못할 만큼 늦어버리기 전에 새로운 동력, 새로운 경로, 새로운 마음을 채워 넣을 시기일지도 몰라.

오늘 당신은 어떤 마음과 마주했나요?

01

일방적인 마음이 아픈 날

오늘의 문장 처방

연락의 정도는

지닌 시간에

비례하는 게 아니라

지닌 마음에

비례하는 게 맞지

부인할 수 없는 우선순위의 문제. 시간이 없어도 마음이 있으면 어떻게든 해내는 게 연락이지. 상대방이 서운한 것은 연락 때문만이 아니라, 그 부족한 마음을 알아챘기 때문일 것이고.

오늘 당신은 어떤 마음과 마주했나요?

02

일방적인 마음이 아픈 날

오늘의 문장 처방

연락할 시간이

부족한 것이 아니라

연락할 마음이

부족한 것이 맞다

그래서 연락이 잘 되는 사람을 만나야하는 것인지 모른다. 단지 연락이 잘 되는 사람이 아니라, 나에 대한 마음이 그저 연락이라는 수단으로 전달되는 것이니. 연락이 기울었다는 것은 마음도 기울었다는 것이니.

오늘 당신은 어떤 마음과 마주했나요?

03

일방적인 마음이 아픈 날

오늘의 문장 처방

서운함의 순간은 결국
마음의 무게가 서로 다름을
체감할 때 찾아오는 것

서운함에는 이런저런 이유가 붙겠지만, 결국은 나의 기대보다 상대방의 마음속에서 내가
차지하는 영역이 작다는 것을 느낄 때 생겨나는 것이겠지.

오늘의 내 마음 상태 기록

04

일방적인 마음이 아픈 날

오늘의 문장 처방

관심의 정도는

답장의 속도가 말해준다

　마음을 쓰고 있다면, 그 반가운 연락을 방치하기란 어려운 법. 너무 피곤해서 집에 가자마자 잠들었다는 말이라거나, 너무 바빠서 몇 시간이나 휴대폰을 못 봤다는 그런 말을 믿는 건 아니죠?

오늘의 내 마음 상태 기록

한 번 더 필사하고 싶은 문장

오늘, 마음에게

불안한 마음을 다독이는 다정한 필사

초판 1쇄 인쇄 2026년 4월 3일
초판 1쇄 발행 2026년 4월 10일

지은이 | 박민욱(필림)
펴낸이 | 권기대
펴낸곳 | ㈜베가북스

주소　　 | (07261)서울특별시 영등포구 양산로17길 12, 후민타워 6-7층
대표전화 | (02)322-7241　　　　　　**팩스** | (02)322-7242
출판등록 | 2021년 6월 18일 제2021-000108호
홈페이지 | www.vegabooks.co.kr　　　**이메일** | info@vegabooks.co.kr
ISBN　　 | 979-11-94831-34-1 (03810)